Arena-Taschenbuch
Band 50445

Von Ilona Einwohlt sind im Arena-Taschenbuch
in dieser Reihe erschienen:
Mein Pickel und ich (1) (Band 50443)
Die Schule und ich (2) (Band 50444)
Die Liebe und ich (4) (Band 40451)
Meine Clique und ich (5) (Band 50447)
Mein Schutzengel und ich (6) (Band 50448)

Die Schule und ich ist auch als Hörbuch bei
Arena audio erschienen.

Weitere Titel von Ilona Einwohlt findest du
hinten im Buch.

Ilona Einwohlt
schreibt mit viel Liebe, Witz und Leidenschaft erfolgreiche Bücher für Mädchen. Dass sie sich gerade in „Mädchensachen" bestens auskennt, hat sie unter anderem in ihren beliebten Ratgeberromanen bewiesen. Der Bestseller „Mein Pickel und ich" sowie die Folgebände sind inzwischen zur unverzichtbaren Lebenshilfe für Fragen in der Pubertät geworden. Ilona Einwohlt, geboren 1968, lebt mit ihrer Familie in der Nähe von Darmstadt. Mehr unter www.ilonaeinwohlt.de

Mein Knutschfleck und ich

Ilona Einwohlt

Arena

MIX
Papier aus verantwortungsvollen Quellen
FSC® C110508
FSC www.fsc.org

1. Auflage als Arena-Taschenbuch 2015

Einbandillustration: Constanze Guhr
Sachillustrationen: Birthe Kipker
Gesamtgestaltung und Umschlagtypografie: knaus. büro für konzeptionelle und visuelle identitäten, Würzburg
Gesamtherstellung: Westermann Druck Zwickau GmbH
ISSN 0518-4002
ISBN 978-3-401-50445-2

www.arena-verlag.de
Mitreden unter forum.arena-verlag.de

Inhalt

Erstes Kapitel,
in dem Sina über die wahre Schönheit nachdenkt

Wahrheit oder Pflicht ...

Nichts ist mehr so, wie es einmal war. Und das liegt an diesem verflixten Knutschfleck. Blau-rötlich schimmernd, mit einem Touch Grün am Rand, prangt er deutlich an meinem Hals, auf der rechten Seite, an der Stelle, wo man sonst den Puls fühlt. Alle finden das lustig und lachen sich halb tot darüber, vor allem Julia, die blöde Kuh.

Knutschflecke sind für alle lustig, nur nicht für die Geknutschte! Julia kann sie ja gerne als Trophäen sammeln, ich finde meinen Knutschfleck nur peinlich, peinlich, peinlich. Mal abgesehen davon, dass er mir signalisiert: Küssen ist nicht ohne. Dabei habe ich noch nicht einmal richtig geküsst, ich weiß ja gar nicht, wie das geht!

Alles hatte ganz harmlos angefangen: Wir feierten meinen dreizehnten Geburtstag bei uns im Partykeller. Zugegeben, diese olle Holztäfelung und der geschnitzte Tresen sind nicht gerade ultramodern, aber dafür hatten wir unsere Ruhe. Keine neugierigen Mama-Blicke, kein Stress mit Krümeln auf dem Teppich, keine Panik bei umgekippten Gläsern, im Partykeller gelten eben andere Gesetze. Ich hatte den ganzen Samstagvormittag damit verbracht, mit Tüchern und Alufolie ein bisschen Atmosphäre zu zaubern. Sonst hat mir ja immer meine Ex-Beste-Freundin Kleo bei den Geburtstagsvorbereitungen geholfen, aber in letzter Zeit ist sie so komisch drauf und hängt lieber mit ihrer Hovawart-Hündin Ambra auf dem Hundeplatz ab. Also war meine aktuelle beste Freundin Milli da und die hat unzählige Teelichter aufgestellt, damit wenigstens die große Neonröhre an der Decke ausbleiben konnte. Ganz ohne Licht hatten meine Eltern nicht erlaubt, weshalb die alte Fransen-Lampe in der Ecke vor sich hin funzelte. Mama hatte uns mit Blümchen-Muffins, Knabberzeug, Bionade und Cola eingedeckt und Papa hatte mir geholfen, meinen nigelnagelneuen iPod an die tragbaren Lautsprecher zu stöpseln. Wie immer waren einige Freundinnen eingeladen und ein paar Jungs aus meiner Klasse, mit denen wir sonst in der Pause oder im Schwimmbad rumhingen. Genauer gesagt: in die wir der Reihe nach alle ein bisschen verknallt waren.

Yannis ist mein bester Freund, seit ich denken kann, aber verknallt bin ich nicht in ihn, um das gleich mal klarzustellen. Ich meine, er ist nicht mein Freund, sondern einfach ein toller Kumpel, einer, mit dem man so richtig über alles reden kann und der mich blind versteht. Außerdem findet er Julia megatoll und in letzter Zeit sehen wir uns nur noch in der Schule, obwohl wir eigentlich Nachbarn sind. Es gibt sogar Tage, an denen ignoriert er mich vollkommen. Dann ist da Sebastian, der ist ziemlich schüchtern, hat aber viel Kohle und trägt ständig neue Markenklamotten. Marco ist eher der Typ Draufgänger, aber einer der lieben Art, und ich glaube, Milli hat ein Auge auf ihn geworfen. Und ich finde aktuell Juri total süß und lieb und cool ♥♥♥, obwohl er eher der Typ Spargeltarzan ist. Aber seine witzigen Sprüche und seine lässige Art haben es mir in letzter Zeit voll angetan. Die anderen Jungs habe ich nur eingeladen, damit Juri kommt und mir vielleicht einen Geburtstagskuss gibt.

Doch irgendwie war die Stimmung nicht so gut, alle hingen gelangweilt in den Ecken rum. Wenn es nach Mama gegangen wäre, würden wir jetzt eine Stadtrallye machen, die ich natürlich abgelehnt hatte – ich wollte schließlich eine Fete feiern und keinen Kindergeburtstag. Vielleicht wäre es nicht die blödeste Idee gewesen ... So wartete ich die ganze Zeit darauf, dass Juri sich endlich mal neben mich setzte, während Milli ständig Marco anblinzelte.

„Hey Sina, hast du keine andere Music?", maulte Sebastian bei jedem neuen Song, der nicht *HipHop* war, und Marco fragte: „Gibt es hier eigentlich nichts Richtiges zu trinken?" Er deutete zum Feuerlöscher, der als Zapfhahn auf dem Tresen stand.

„Kannst es ja mal versuchen", meinte ich betont fröhlich. „Da kommt nur Staub raus!" Keine Ahnung, wann meine Eltern das letzte Mal hier unten Party gefeiert haben. Seit mein Bruder Leon auf der Welt ist, glaube ich, nicht mehr. Und das ist immerhin mehr als sechs Jahre her.

„Wollen wir was spielen?“, hatte meine zweitbeste Freundin Julia dann vorgeschlagen und in diesem Moment war ich ihr sehr dankbar dafür.
„Au ja, ‚Was bin ich‘!“, rief Milli und Kleo klatschte ausnahmsweise begeistert in die Hände. Vor Aufregung war sie so rosa im Gesicht wie die puschelige iPod-Hülle von *Hello Kitty*, die sie mir zum Geburtstag geschenkt hat.
„Oh no“, stöhnte Jolina entnervt. „Das ist ja wohl Babykram. Warum hast du auch keine Motto-Party gemacht? ‚Schwarz-Weiß‘ oder so.“
Danke, Jolina, das wollte ich hören, ich wusste, dass du eine fiese Kuh bist, aber so deutlich hast du es mir noch nicht gesagt, dass du mich für einfallslos hältst. Wieso hatte ich eigentlich die größte Ätz-Tussi aus unserer Klasse zu meiner Geburtstagsparty eingeladen?!
„Wie wäre es dann mit ‚Wer wird Millionär?‘“, fragte Yannis und guckte mich mit seinen dunklen Augen fragend an. „Du hast doch diese Jubiläums-Ausgabe, oder?“
„Klar, ich hole es!“ Sofort war ich auf den Beinen und machte Anstalten, nach oben zu flitzen.
„Nein, doch nicht so was!“ Julia winkte lässig ab. „Ich meine ... kennt ihr ‚Wahrheit oder Pflicht‘?“
„Das, wo man sich küssen muss?“ Juri hatte plötzlich eine knallrote Birne. Dann kicherte er plötzlich los. „Meine Eltern haben das neulich auf so einer Party gespielt.“
„Da mache ich nicht mit, niemals!“ Kleo schüttelte so entrüstet den Kopf, dass ihre kurzen blonden Locken wippten. „Das ist doch total unhygienisch. Wenn Mama das wüsste, die hätte mich nie auf so eine Sex-Party gelassen ...“

Küssen hat nichts mit Sex zu tun und schwanger wird man davon auch nicht. Allerdings werden beim Küssen bis zu 270 verschiedene Bakterien ausgetauscht – das stärkt das Immunsystem! Küssen macht fit, weil rund 50 Gesichtsmuskeln aktiviert und 12 Kalorien pro Minute verbrannt werden ...

„Jetzt mach mal langsam, Babyface", mischte sich Jolina ein. „Kein Mensch spricht hier von Küssen, Sex und Ausziehen. Wir spielen ‚Flaschendrehen', sonst nix. Und wer dran ist, muss die Wahrheit sagen – oder seine Pflicht tun." Sie kicherte albern und Kleo rollte genervt mit den Augen.

„Ashley spielt das auf ihren Partys auch immer", erklärte Julia. Deswegen! Julias Schwester ist das große Vorbild für sie. „Also los, wer spielt mit?"

Yannis und die anderen Jungs machten erst gar keine Anstalten, sich zu Julia und Jolina in den Kreis auf den Boden zu setzen. Sebastian starrte Löcher in die Luft und Juri hielt sich mit knallrotem Kopf an seiner leeren Cola-Flasche fest. Friederike setzte sich zögernd neben Julia, Kleo stand noch unschlüssig in der Ecke.

„Also gut", seufzte ich. Ich konnte ja schlecht auf meiner eigenen Party die Spielverderberin sein, schlimmer konnte es ja eigentlich auch nicht mehr werden. „Komm, Yannis, mach auch mit!" Ich sah ihn bittend an. Irgendwie wollte ich verhindern, dass mein dreizehnter Geburtstag der Total-Reinfall wurde.

Vielleicht kam bei diesem albernen ‚Flaschendrehen' doch noch so etwas wie Stimmung auf.
Nach vielem Hin und Her und dank stundenlanger Überredungskünste saßen wir schließlich alle im Kreis: Jolina, Julia, Kleo, Friederike, Juri, Sebastian, Marco, Yannis und ich.
„Okay", rief Julia, „ich fange an." Sie gab der Flasche einen Schwung. *Wuuuup!*, der Flaschenhals zeigte auf Jolina. „Wahrheit oder Pflicht?", fragte sie.
„Wahrheit!", antwortete Jolina prompt.
„Okay ... welche Farbe hat deine Unterhose?", fragte Julia, ohne mit der Wimper zu zucken.
„Iiiiiiiiiii! Spinnst du? Das interessiert mich doch gar nicht!!!" Kleo sprang empört auf, doch Friederike hielt sie zurück. „Komm, ist doch witzig", meinte sie und kratzte sich dabei in der Armbeuge rum.
„Lila", gab Jolina knapp zur Antwort und Juri kicherte sich halb blöd. Dann drehte Jolina die Flasche. *Wuuuup!*, Sebastian war dran. „Wahrheit oder Pflicht?", fragte sie.
„Pflicht", antwortete Sebastian wie aus der Pistole geschossen.
„Geh hoch und hole aus dem Badezimmer Frau Rosenmüllers Gesichtscreme ", grinste Jolina. „Und dann cremst du deinen Bauch damit ein."
„Tages- oder Nachtpflege?", fragte Sebastian cool zurück.
„Das geht nicht, ich bekomme Stress mit meiner Mutter", rief ich entsetzt. Nicht auszudenken, wenn meine Eltern was mitbekamen!
„Ach was, ich passe auf, dass sie nichts merkt." Yannis hielt beflissen die Tür auf und ging gemeinsam mit Sebastian nach oben, während ihnen die anderen hinterhergrölten. Keine

Minute später waren beide wieder zurück – mit Mamas teurer Luxus-Nachtcreme.

„Genial!" Julia klatschte begeistert in die Hände. Und so spielten wir eine Weile weiter, Kleo musste ein Kinderlied singen, Marco drei superscharfe Popsängerinnen nennen, Milli ihre Füße in unserem Gäste-WC waschen ... Die Stimmung war im Nu völlig ausgelassen und genial. Bis Julia mit dem Drehen an der Reihe war und der Flaschenhals auf Yannis zeigte.

„Pflicht", sagte er mutig grinsend in die Runde und Jolina kicherte albern. Ich hielt den Atem an, denn alle im Raum wussten, dass Julia in Yannis verknallt ist und er in sie. Aber was dann kam, war der absolute Megahammer.

„Zwei-Minuten-Dauerküssen mit Sina!", sagte Julia und lächelte mich dabei an. Nur ich sah das zickig-fiese Blitzen in ihren Augen.

„Was?" Vor Schreck fiel ich fast in Ohmacht. Ich habe in meinem Leben noch nicht richtig geküsst. Und jetzt sollte ich mit Yannis Dauerküssen?

Jeder weiß, dass Yannis und ich nur Kumpels sind.
Und dass er auf Julia steht. Und Julia weiß, dass ich ein
bisschen in Juri verknallt bin. Warum macht sie das nur?

„Nein!", sagte Yannis mit fester Stimme. „Das mache ich nicht."

„Feigling, Feigling", tönte Jolina und die anderen stimmten mit ein. „Feigling, Feigling!"

„Magst du Sina nicht, oder was?", höhnte Julia. Sie sah mich schlitzig an und ich wusste sofort: Das hier war die Rache dafür, dass Yannis und ich sie damals in der Hollywoodschaukel ignoriert hatten. Milli griff erschrocken nach meiner Hand.

„Hey, es gibt Schlimmeres", meinte Juri und klopfte Yannis kumpelhaft auf die Schulter. „Hätte ja auch die sein können." Er nickte Richtung Friederike, die bei den Jungs wegen ihrer Juck-Ekzeme nicht gerade beliebt war.
Und Marco meinte: „Komm schon, Sina hat garantiert keinen Zungenherpes!"

Ich habe weder Herpes
noch Mundgeruch noch Aphten
noch Karies noch raue Lippen
noch Zahnbelag.

„Ich kann doch nicht ..." Yannis guckte mich an und ich guckte Yannis an. Wir hätten uns beinahe schon mal geküsst, damals, auf dieser Grillparty seiner Eltern, aber dann haben wir nur den ganzen Abend über schweigend Arm in Arm in der Hollywoodschaukel gesessen, mehr nicht. Das ist schon eine Weile her und irgendwie hatten wir das beide komplett vergessen. Oder auch nicht.

Küssen ist ein Ausdruck von Liebe und Zärtlichkeit zwischen zwei Menschen, die sich sehr nahestehen: Ein Kuss zwischen Frau und Mann schmeckt anders als zwischen Eltern und Kind, Oma und Enkel. In unserer Kultur begrüßen sich Freunde und Freundinnen mit einem Kuss oder zwei Wangenküsschen. Küsse auf den Mund sind etwas sehr Intimes.

„Also gut, es muss ja nicht auf den Mund sein!" Danke Julia, ich wusste, du bist eine echte Freundin.

Und so kam es, dass mein allerbester Kumpel und lieber Nachbar Yannis und ich unter Gekicher und Gegacker in der Mitte vom Partyraum standen, er mir umständlich seine Lippen an den Hals legte und bei „Los“ anfing, mich zu küssen, während die anderen um uns herum lautstark die Sekunden mitzählten. Zwei Minuten lang.

Der längste Kuss laut Guiness-Buch der Rekorde dauerte 30 Stunden, 59 Minuten und 27 Sekunden.

Draußen wird es gerade hell und wie immer sonntags ist noch alles still im Haus. Selbst Leon hat inzwischen gerafft, dass man als Schulkind nur noch das Wochenende zum Ausschlafen hat, und meine Eltern stehen vor neun Uhr sowieso nicht auf. Ich liege in meinem Bett, ich glaube, ich habe die ganze Nacht kein Auge zugetan. Nachdem Yannis mich geküsst hatte, wollte niemand mehr weiterspielen, selbst Julia nicht. Wahrscheinlich hatte sie Schiss, dass sie als Nächste hätte küssen müssen. Ich habe mich so schnell wie möglich wieder neben Milli auf den Boden gesetzt, aber alle haben nur schweigend auf meinen Hals gestarrt. Dann hat Julia plötzlich angefangen, hysterisch zu kreischen: „Die hat voll ’nen Knutschfleck!“ Vor Kichern hat sie sich gar nicht mehr eingekriegt. „Knutschfleck, Knutschfleck“, haben alle gegrölt und mit ihren Fingern auf mich gezeigt.

Seufzend krame ich mein Tagebuch hervor. Seit Neustem schreibe ich zwar auch online, aber wenn ich jetzt ins Arbeitszimmer an den Computer gehe, stellt mir Mama gleich wieder doofe Fragen.

Wie konnte Julia mir das nur antun! Und ich hatte gedacht, wir hätten unser Zickenbeil begraben und wären wieder richtig gute Freundinnen! Reicht doch, wenn Kleo sich aus unserem Kleeblatt ausgeklinkt hat. Aber mit Julia rede ich nie wieder auch nur ein einziges Wort, das schwöre ich bei meiner datiert-nummerierten Gummibärensammlung.

Irgendwie war es nur konsequent, dass Yannis kurz darauf zur Tür ging, sich räusperte und sagte: „Ich geh dann mal." Kaum war er draußen, machten sich auch Juri, Sebastian und Marco vom Acker. Kleo murmelte was von wegen mit Ambra spazieren gehen und Friederike ist einfach mit ihr los. Jolina und Julia versuchten, ein paar blöde Witzchen zu reißen, aber mir war nicht zum Lachen. Irgendwann sind sie dann doch noch gegangen und ich saß mit Milli alleine im Partykeller ...
„Happy Birthday", flüsterte ich leise, Tränen steigen mir in die Augen. Immerhin bin ich jetzt dreizehn – und geküsst. Voll geküsst, sozusagen. Dabei habe ich mir meinen ersten Kuss ganz anders vorgestellt und gehofft, ihn an meinem Geburtstag von Juri zu bekommen.

Forscher haben herausgefunden, dass sich der erste Kuss aus der Mund-zu-Mund-Fütterung von Mutter zu Kind entwickelt hat, als es noch keine Löffelchen für Babybrei gab. Etwas in den Mund zu nehmen, lustvoll daran zu saugen, ist eine instinktive Handlung des Menschen, weil es sich so schön anfühlt und glücklich macht. Da hat sich irgendwann einer unserer Vorfahren gedacht: Warum immer nur die Babys?! Und dann hat er zum ersten Mal seine Frau auf den Mund geküsst ...

Vorsichtig taste ich mit der rechten Hand an die Stelle, wo Yannis gestern mit seinem Mund war. Ich habe mir ja schon öfters mal vorgestellt, wie es wäre, geküsst zu werden, und heimlich mit meinem Mund an meinem Arm geübt. Aber dabei habe ich nie an Yannis gedacht, ich bin doch nicht plemplem!

Mein erster Kuss war ein Knutschfleck! Das werde ich nie
im Leben vergessen. Aber warum wollte mich Yannis nicht
richtig auf den Mund küssen? Vielleicht war er ja froh,
dass er nur meinen Hals küssen brauchte, obwohl ich definitiv
nicht aus dem Mund rieche, das weiß ich ganz genau.
Und ganz bestimmt hätte er tausendmal lieber Julia geküsst.
Andererseits, warum hat Yannis so hingebungsvoll an meinem
Hals rumgeschlabbert?! Wieso ist er so schnell abgehauen?
Und wie erkläre ich das alles Juri?

Aber das, was Yannis da gestern gemacht hat, fühlte sich völlig anders an, es hat mich völlig überrumpelt. Ich schließe die Augen und erinnere mich an seine weichen Lippen, die an meiner Halsbeuge gekitzelt haben. Zwei Minuten können sooo lang sein! Denn was sich am Anfang noch ganz gut anfühlte und sogar bis in meine Fußzehen kitzelte, wurde zum Schluss immer unangenehmer, weil er mit seinen Lippen so heftig an meinem Hals herumgesaugt hat wie Dracula persönlich.
Seufzend schlurfe ich ins Bad, um mir den Frust vom Körper zu duschen. Wie soll ich Yannis nur jemals wieder unter die Augen treten? Julia werde ich selbige auf alle Fälle auskratzen, und zwar jedes einzeln, mit Genuss und sehr sorgfältig, nachdem ich meine Fingernägel extraspitz gefeilt und rot lackiert habe ...

Als ich dann im Spiegel prüfend meine vier neuen Pickel begutachten will, leuchtet mir die Katastrophe unübersehbar entgegen: Mein Knutschfleck ist mindestens so groß wie ein Joghurtdeckel und schillert in allen Farben des Regenbogens. Ich kneife entsetzt die Augen zu. Das darf nicht wahr sein, bitte, bitte, das darf nicht wahr sein!!! Doch alles Bitten hilft

nichts, als ich die Augen öffne, ist der Knutschfleck immer noch da. Ich glaube, mir wird schwindelig ... Wie erkläre ich das nachher bloß meinen Eltern? Die haben gestern schon so komisch geschaut, nachdem meine Geburtstagsgäste so schnell verschwunden waren und niemand mehr Mamas Hackbällchen wollte. Verzweifelt greife ich zur Seife, schäume das Dings großzügig ein, spüle mit viel Wasser nach – Fehlanzeige. Ich betupfe ihn mit Papas Rasierwasser – nichts. Da fällt mein Blick auf Mamas Bimsstein für die Füße, ob ich damit ...? Angeekelt greife ich nach dem abgeschabten lila Teil, rieche lieber nicht dran und halte es unters Wasser. Dann schubbere ich mit aller Kraft an meinem Hals, aber das macht alles nur noch schlimmer: Meine Haut ist jetzt so feuerrot wie die von Friederike zu ihren besten Ekzem-Zeiten. Na super, das hat mir gerade noch gefehlt! Vor lauter Verzweiflung schlüpfe ich unter die Dusche und probiere Mamas Duschgelsammlung durch. Seit Neustem hat sie nämlich so einen Anti-Stress-Tick und alle Düfte von Lavendel bis Zimt in Plastikflaschen herumstehen.

Da wird sie zwar nachher wieder meckern, aber wenn hier einer Stress hat, dann ja wohl ich, Sina Rosenmüller mit den großen Füßen und dem riesigen Knutschfleck am Hals.
Als ich nach einer halben Stunde endlich aus der Duschkabine steige, fühle ich mich deutlich entspannter. Ich gönne mir noch einen großen Klacks von Mamas Relaxing-Bodylotion und sprühe mich von Kopf bis Fuß mit ihrem Balance-Paradise-Spray ein. Dummerweise fällt dabei mein Blick auf den Spiegel, der, zwar leicht beschlagen, deutlich meinen nackten Oberkörper samt Giga-Knutschfleck spiegelt. Schlagartig fällt alle Entspannung von mir ab. Dieses Mistding ist immer noch da! Wie lange will der denn noch bleiben? Heulend breche ich auf dem Badewannenrand zusammen.

Ein **Knutschfleck** ist wie ein blauer Fleck: Durch zärtliches Saugen oder Beißen platzen kleine Blutgefäße unter der Haut, das Blut verteilt sich im umliegenden Gewebe und verfärbt sich im Laufe der Zeit von Rot über Blau und Grün hin zu Gelb. Je nach Größe und Intensität braucht so ein Knutschfleck ein bis vier Wochen, bis er wieder verschwindet.

So langsam kapiere ich, dass dieser Knutschfleck von der besonders üblen Sorte ist. Keiner meiner Pickel war je so schlimm wie dieses Mistteil.
„Sina! Mach auf!" Mein Vater rüttelt an der verschlossenen Badezimmertür und reißt mich aus meinen verzweifelten Gedanken. „Wie lange willst du denn noch dadrin bleiben?"
Statt einer Antwort ziehe ich die Klospülung ab. Zeit gewinnen, ich muss Zeit gewinnen ...

„Ich weiß nicht“, antworte ich leise. „Irgendwie ist mir heute Morgen nicht so gut.“ Was ja noch nicht einmal gelogen ist.
„Okay, aber wenn du Hilfe brauchst ...“ Die Stimme von meinem Vater klingt ganz sanft. Am Ende hat er Mama heute Nacht auch dauergeküsst – wobei ... Mit seinem Schnurrbart stelle ich mir das auch nicht so angenehm vor.
„Schon gut. Ich habe nur meine Tage bekommen.“ Und da war sie doch, diese Ausrede. Dabei hatte ich mir eigentlich geschworen, nie so dämlich wie Julia eins auf Weibchen zu machen und mit meiner Verletzlichkeit zu kokettieren.
„Na, dann ...“ Ich höre, wie mein Vater sich umdreht und wieder ins Schlafzimmer schlurft. Hektisch durchsuche ich die Schublade nach meinem Pickel-Abdeckstift. Was für Pickel gut ist, kann einem Knutschfleck auch nicht schaden. Aber die Abdeckcreme hält nicht! Liegt wohl an meiner supereingeölten Haut ... *Nerv!* Also noch mal alles von vorne, Creme abwaschen, trocken tupfen, Abdeckstift auftragen ... Sieht zwar komisch aus, aber wenn man die Augen zukneift, ist der Knutschfleck fast nicht mehr zu sehen. Nachher noch einen Schal drübergeschlungen und er fällt niemandem auf, lalala. Fast schon wieder gut gelaunt, raffe ich meine Klamotten zusammen und mache, dass ich aus dem Badezimmer verschwinde. Wenn Papa sowieso noch duscht, kann er auch mit dem Wischer die Duschkabine blank ziehen und Mama muss sich nicht wieder aufregen.
Vor meinem Kleiderschrank bekomme ich dann die nächste Krise: Der geringelte Kunstfellschal, den mir Tante Irene und Onkel Ösi aus Wien mitgebracht haben, ist unauffindbar. Wo steckt der nur? Ob Leon sich den wieder zum Polarexpeditionsspielen ausgeliehen hat? Ohne Schal bin ich aufgeschmissen,

ohne Schal kann ich unmöglich meinen Eltern unter die Augen treten! Also beginne ich, systematisch, wie es nun mal meine Art ist, meinen Kleiderschrank aufzuräumen. Ich sortiere die Wintersachen nach vorne und packe meine Sommer-Shirts in die hintere Ecke, finde dabei meine Bratz Passion-4-Fashion wieder, die roten Schnürsenkel von dieser verrückten Emily und in einem alten Strumpf lauter rosa Zopfgummis, die wohl mal von Kleo waren. Schließlich entdecke ich den Schal, fein säuberlich über einen Bügel gehängt, unter meiner Winterjacke. Na also, wer sagt's denn, alles da! Sorgfältig wickele ich mir das gestreifte Fell um den Hals, ein bisschen heiß und eng, aber immer noch besser als tausend Fragen und neugierige Blicke! Dazu wähle ich ein enges schwarzes Shirt und meine neue BlackBinky, die ich von meinen Eltern zu meinem Geburtstag bekommen habe. Perfekt. Doch als ich fünf Minuten später beim Frühstück sitze, bleiben mir die blöden Fragen leider doch nicht erspart. Mama will natürlich wissen, warum alle so früh gegangen sind und keiner von ihren Hackbällchen gegessen hat. Dabei hatte ich ihr gestern schon etwa tausendmal versichert, dass alle ihr Essen superlecker fanden.
„Haben die etwa nicht geschmeckt?", ist ihre erste Frage, während sie Leon einen liebevollen Gutenmorgenkuss auf die Wange schmatzt.
„Wir haben uns gestritten", antworte ich und ducke mich vor ihrem Schmatzer. Schnell angele ich mir ein aufgebackenes Brötchen aus dem Korb. „Julia hatte schlechte Laune und hat alle damit angesteckt."
„Dafür habt ihr aber ganz schön laut rumgelacht", meint mein Vater grinsend und schlürft seinen Kaffee.

„Also, für meinen Geschmack wart ihr viel zu leise", sagt meine Mutter. „Ich dachte schon, ihr knutscht da unten alle rum ..." Skeptisch begutachtet sie mein Outfit.

„Kann ich bitte mal den Honig haben", unterbreche ich sie schnell.

„Was ist Knutschen, Mama?", fragt Leon mit interessierter Miene. Oberschlaumeier! Nur weil er jetzt in der Schule ist, muss er doch nicht alles wissen.

„Fühlst du dich eigentlich besser?" Mein Vater guckt mich verschwörerisch an. Huch, Papa gibt den Frauenversteher, das sollte er lieber mal bei meiner Mutter tun, dann hätte sie nicht so viel Stress und würde mich mit ihrer ewig schlechten Laune nicht so nerven.

„Ja ... nee ... ich habe ein bisschen Halsschmerzen", schwindele ich. Dass sie rein äußerlich sind, muss ich meinen Eltern ja nicht auf die Nase binden. „Ich glaube, ich werde krank." Das wäre es überhaupt, dann könnte ich so lange zu Hause bleiben, bis dieser Knutschfleck endlich wieder verschwunden ist ...

„Deswegen." Meine Mutter deutet mit ihrem Buttermesser auf meinen Fellkragen. „Und ich dachte schon, du hättest was zu verbergen." Sie kichert plötzlich albern los. „Weißt du noch, Matthias, damals, als du mir auf der Fete vom Martin diesen Knutschfleck verpasst hast? Ich habe wochenlang dieses blöde Halstuch tragen müssen, damit keiner was merkt."

„Aber dafür ist Sina ja noch viel zu jung!" Empört guckt mein Vater sie an. „Stimmt's Sina, von Jungs willst du doch noch gar nichts wissen?"

Hat Papa 'ne Ahnung!

Ich wünschte, ich wüsste mehr über Jungs,
dann wüsste ich auch, worüber ich mehr heulen sollte:
Darüber, dass ich diesen Knutschfleck von Yannis habe und
er damit unsere Freundschaft zerstört hat?
Oder darüber, dass Juri einfach abgehauen ist,
ohne mir die Gelegenheit zu geben, mich bei ihm
noch mal für sein Geschenk zu bedanken? Er hat mir eine
selbst gebrannte CD mit seinen Lieblingssongs geschenkt.
Total süß! Das macht der doch bestimmt nicht einfach so.

Das mit dem Frauenversteher habe ich sofort gestrichen und den restlichen Sonntag mit meinem Vater kein Wort mehr geredet. Mit meiner Mutter übrigens auch nicht. Und am nächsten Tag war ich wirklich krank.

Wer schön sein will, muss leiden?!

Als ich eine Woche später in die Schule komme, ist alles anders. Keine Ahnung, was die anderen von meiner Party erzählt haben, Fakt ist: Egal, wo ich hinkomme, überall tuscheln sie hinter vorgehaltener Hand. Über mich. Julia blinzelt mir verschwörerisch grinsend zu, ich weiß nicht, was die überhaupt noch zu grinsen hat. Juri tut so, als sei ich faktisch nicht anwesend und ignoriert mich beim Arbeitsblätterverteilen total. Yannis läuft knallrot an und wendet sich abrupt ab, als er mich sieht.

Danke, Yannis, du feiger Blödmann-Arsch-Depp-Idiot,
mit dir rede ich kein Wort mehr. Mir erst einen fetten
Stempel verpassen und mich dann einfach sitzen lassen.
Hiermit kündige ich dir sofort und ohne Umschweife
unsere Freundschaft.

Und Melanie aus meiner Klasse fragt mich sogar, ob's schön war. Diese Geierwally mit ihrer entwickelten Oberweite! Die hat garantiert schon tausend Jungs geküsst und sich dabei nicht so dämlich angestellt wie ich doofe Nuss, die nur einen Knutschfleck abbekommen hat. Instinktiv ziehe ich meinen Zebra-Fellschal fester um meinen Hals und danke dem lieben Gott für das nasskalte Herbstwetter. Zum Glück hat Mama immer noch nichts gemerkt, wie auch, ich hatte fast 40 Grad Fieber und sie war halb tot vor Angst. Sogar zu Doktor Gottstein hat sie mich geschleppt, der bei der Untersuchung jedoch so getan hat, als würde er den Knutschfleck nicht bemerken. Dabei handelte es sich nur um eine fiebrige Halsentzündung, die ich mir wohl eingefangen habe, weil ich meinen Knutschfleck mit Eiswürfeln dauergekühlt habe. Nachdem ich im Internet gelesen hatte, dass das Dings nichts anderes als ein blauer Fleck ist, dachte ich, ich mach's wie bei meinen Basketballverletzungen: kühlen, kühlen, kühlen. Leider prangt der Knutschfleck immer noch unübersehbar groß auf meinem Hals. Immerhin ist er ein bisschen blasser geworden – was auch an

Mamas genialem Camouflage-Make-up liegen kann. Das habe ich mir heute Morgen heimlich bei ihr ausgeliehen. Hoffentlich bemerkt sie es nicht, wenn sie das nächste Mal ihre Augenringe überschminken will, das Zeug ist nämlich schlecht dosierbar und mir ist leider die halbe Tube herausgeflutscht ...

DAS Wundermittel gegen einen Knutschfleck gibt es nicht. Außer Halstuch und Abdeckstift helfen am besten Salben gegen blaue Flecken, schließlich handelt es sich – medizinisch gesehen – um ein Hämatom. Deswegen helfen auch Arnica Globuli, D 6, 3x 5 Kügelchen. Manche schwören auch auf Zwiebelwickel, Zahnpastamaske oder Essigpackung, die sie über Nacht einwirken lassen.

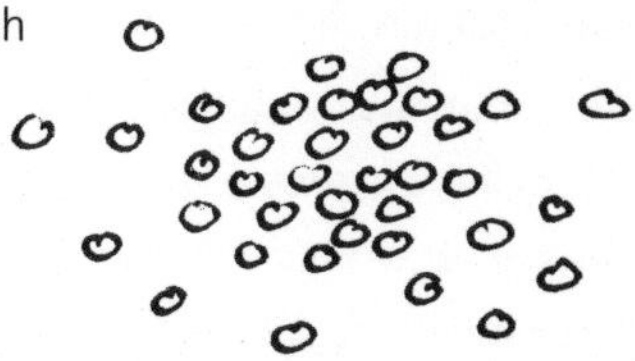

Aber der eigentliche Grund, warum ab heute alles anders ist, sitzt auf meinem Platz: Nicolas Legrand, seit drei Tagen neu in unserer Klasse, superhöflich, supernett – und supersüß.
„Ah, pardon, war das deine Platz?“, begrüßt er mich freundlich und haucht mir zur Begrüßung zwei Küsschen links und rechts an die Wange. „Ça va? Je suis Nicolas.“ Der Typ vor mir hat noch dunklere Augen als Yannis, fährt es mir durch den Kopf, sticht es in mein Herz. „Madame Tuszynski hat mich ier, äh, wie sagt man?... iiingesetzt. Isch offe, du bist mir nischt böse.“
„Sie hat dich hierhingesetzt? Na, dann.“ Ich lache albern los und betaste verdattert meine Wange. Hoffentlich sieht das keiner! Was hat sich unsere Klassenlehrerin wohl dabei gedacht, ihn einfach auf meinen Platz neben Milli zu setzen? Und was denkt der sich dabei, mich vor versammelter Mannschaft einfach so abzuschmatzen?

Franzosen begrüßen sich mit Wangenküssen, Eskimos schnüffeln beim Küssen an der Wange, während man in Burma die Wangen aneinanderreibt. In Neuseeland und Malaysia küssen die Leute mit der Nase, in Japan werden Küsse als sexuelles Vorspiel aufgefasst und daher nicht in der Öffentlichkeit ausgetauscht.

„Dann setze ich mich halt woanders hin, pas de problème", höre ich mich sagen. Dabei ist es wohl eins, denn der einzige freie Platz ist der neben Pickelface Anton Killer. Nicolas blinzelt mir dankbar zu. Augenblicklich puckert mein Knutschfleck los. Oder ist es meine Halsschlagader darunter, durch die gerade meine Blutkörperchen Spinning Coaster fahren?! Nicolas Legrand ist auf alle Fälle der umwerfendste, süßeste, smarteste Typ seit Tuki Brando. Ich brauche genau eine Millionstelsekunde, um das zu kapieren. Als ich einen Blick zur Seite werfe und Julias verträumte Augen sehe, begreife ich noch etwas anderes: Ich bin nicht die Einzige.

„Wie kommt es, dass so einer mitten im Schuljahr plötzlich zu uns in die Klasse kommt?", frage ich in der großen Pause, als wir in unserer Ecke stehen. Nicolas ist natürlich *das* Gesprächsthema No. 1 bei uns Mädchen.
„Wie kommt es, dass du immer noch einen Schal trägst?", fragt Milli zurück. „Ist es wirklich so schlimm?"
„Schlimmer!", sage ich düster und lupfe für eine Sekunde meinen Pelz. Ein Fehler, denn dank Millis Aufschrei drehen sich jetzt sämtliche Köpfe zu uns um. Erschrocken hält sie sich die Hand vor den Mund. „Wow", flüstert sie, „der muss dich ja voll lieben."

So habe ich es ja noch gar nicht gesehen: Je größer ein Knutschfleck, desto größer die Liebe. Heißt das, dass Yannis in mich verknallt ist? Und nicht in Julia???!!! Aber eigentlich ist mir das seit gerade eben völlig egal.

„Klar liebt dich Yannis, er weiß es nur noch nicht", mischt sich Julia jetzt ein. Hallo, welche Kuppelshow geht da denn ab? Ich funkele sie wütend an: „Halt du dich da raus, okay? Ich sag dir ja auch nicht, wen du knutschen sollst!"

„Am liebsten Nicolas", sagt sie und verdreht schwärmerisch die Augen. „Hast du gesehen, wie lang seine Wimpern sind?"

„Und so sinnliche Lippen!", meint Jolina verzückt. „Was man von meinen nicht gerade behaupten kann." In der Tat hat sie eher einen schmalen Mund, weshalb sie immer Lip-Booster-Gloss verwendet, um ihn größer wirken zu lassen.

„Was soll ich denn erst sagen ...", meint Milli und leckt sich seufzend ihre dünnen Lippen. „Nicolas sieht einfach traumhaft gut aus!" Sie schaut sehnsuchtsvoll in seine Richtung.

„Ihr seid doch komplett plemplem!", rufe ich. „Wollt ihr euch jetzt alle die Lippen aufspritzen lassen und aussehen wie Chiara Ohoven, oder was?" Unwillkürlich fasse ich nach meinem Mund, der mir irgendwie ziemlich normal vorkommt.

Volle Lippen gelten als sinnlich und attraktiv, weshalb viele Frauen Lippenstift verwenden oder gar mit künstlichen Eingriffen das Lippenvolumen verändern. Durch Unterspritzung mit verschiedenen Materialien (u. a. Kollagen, Dermalive, Eigenfett) wird das Lippenvolumen unter örtlicher Betäubung verändert.

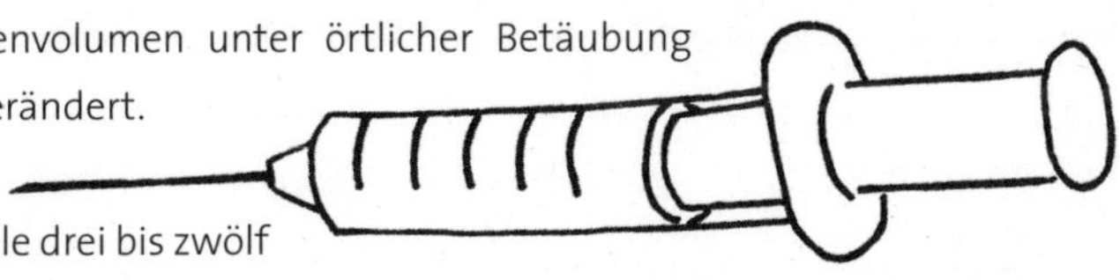

Alle drei bis zwölf Monate muss nachbehandelt werden, was ziemlich ins Geld geht. Kurz nach dem Eingriff kann der Mund asymmetrisch wirken und das „echte" Kussgefühl kann verloren gehen.

„Ich würde alles tun, damit er mit mir geht", ruft Julia theatralisch und breitet die Arme aus. Irgendwie siehst du auch so aus, denke ich. Julia hatte letztes Jahr schon mal so eine aufgetakelte Phase, als sie anfing, hinter Yannis herzuschmachten. Doch so gestylt wie heute habe ich sie noch nie gesehen: Knallenge Jeans, knallenges Shirt und dunkel geschminkte Augen mit silbrigem Glitzerpuder, passend zu ihren wagenradgroßen Ohrringen. Ihre langen dunklen Haare trägt sie auftoupiert, ihre Lippen sind zentimeterdick geglosst – die würde noch nicht einmal der Froschkönig freiwillig küssen! Sie sieht aus, als wolle sie gleich auf einer Mega-Fete abtanzen und nicht Herrn Asselmeyers Matheunterricht hinter sich bringen.

„Na, ich weiß nicht", antworte ich. „Nur wegen eines Typen würde ich mich doch nicht unters Messer legen oder mit Chemie vollpumpen lassen."

„Warum nicht?", sagt Julia. „Übrigens steht Nicolas eher auf kleine Busen, hat er Juri erzählt. Das habe ich gehört, als die beiden gestern über Melanie gelästert haben. Bin ich froh, dass ich nicht so viel habe ..." Sie rückt sich ihren BH zurecht.

Schönheitsideale ändern sich im Laufe der Zeit, mal gelten weibliche Rundungen als begehrenswert, mal superdünne Frauen als toll. Natürlich stehen alle Jungs auf schöne Busen (weil sie da einfach hingucken müssen, weil es ein attraktives Geschlechtsmerkmal ist, weil es sie so nett an ihre Mama erinnert), aber ob dein Schwarm ausgerechnet nur auf eine bestimmte Sorte Busen steht?! Garantiert interessiert ihn mehr das Mädchen dahinter, und wenn nicht, solltest du dich nicht für ihn interessieren. Und mal ehrlich: Sich nur deswegen unters Messer zu legen und eine OP zu riskieren, ist der beste Typ nicht wert. Im Übrigen mögen Jungs am liebsten Mädchen, die weder zickig noch launisch sind und sowohl was im Kopf als auch was am Körper haben. Sprich: einfach normal sind!

„Du meinst, ich habe gar keine Chancen bei ihm?" Jolina hat tatsächlich Tränen in den Augen. Dabei hat sie im vergangenen Sommer ständig diese superengen Tops getragen, damit ihr Wunderbusen so richtig zur Geltung kommt.
„Es tut mir leid, aber ich fürchte Nein", sagt Julia mit sehr erwachsener Stimme. „Außerdem steht er nicht auf blonde Frauen."
„Aha", ist alles, was mir dazu einfällt, während Jolina jetzt wirklich einen Weinkrampf kriegt und sich von Julia tröstend in die Arme nehmen lässt. Milli guckt auch etwas dämlich aus der Wäsche, wahrscheinlich rechnet sie sich gerade ihre Chancen bei Monsieur Nicolas aus: Kleiner Busen, dunkle Haare, dafür aber schmale Lippen ...
„Vielleicht sollte ich mir als Erstes die Haare schwarz färben", schnieft Jolina und knotet ihre blonde Prachtmähne zu einem Zwirbelzopf zusammen.
„Bist du blöd?" Kleo wirkt richtig sauer. „Deine schönen Haare kannst du doch nicht einfach so verunstalten. Und was machst du, wenn er doch blonde Mädchen lieber mag wie die meisten Jungs?"
„Stopp mal", funkelt Julia sie böse an. „Was ist an dunklen Haaren verunstaltet, hä?" Demonstrativ streicht sie durch ihre toupierte Mähne.

„So hat sie das doch gar nicht gemeint", versuche ich sie zu beschwichtigen. Was ist nur plötzlich in die alle gefahren?

Was ist Schönheit, wer legt das fest? Sagen das die Jungs? Die Medien? Oder am Ende wir selbst, wenn wir uns ständig gegenseitig so kritisch beäugen? Als ob wir alle gleich aussehen sollten! Ähnlich wie der europäische Normapfel sollen wohl auch wir Mädchen und Frauen in ein bestimmtes Schema – blond, vollbusig, dünn – gepresst werden, nach dem Motto: Passt du nicht durch die Schablone, bist du dick, hässlich und nichts wert. Ach ja?! Klar sehe ich gerne hübsch aus und fühle mich besser, wenn ich ohne meine Kekskilos trainieren gehe. Aber hey, ICH muss mich in meinem Körper wohlfühlen, nicht die anderen, da lass ich mir nicht reinquatschen, und ich weiß genau, dass ihm Gummibärchen total guttun :) , aber Äpfel noch viel besser. Und nach Mamas legendärem Vollkornauflauf bin ich zu Höchstleistungen fähig ...

„Genau", mischt sich Milli ein, „Kleo meint nur, dass sie wegen eines gewissen Typen nicht so rummachen soll. Und ich finde, sie hat recht."
„Aber wenn ich dadurch mehr Chancen bei ihm habe?" Jolina scheint das ernst zu meinen, denn als Nächstes sagt sie: „Ab heute mache ich Null-Diät" und wischt sich energisch die Tränen weg. „Davon wird mein Bauch und mein Busen kleiner und dann ..."
„Du spinnst doch!", rutscht es mir raus. „Meinst du, Nicolas steht auf solche magermodeligen Hungerhaken wie aus dieser

Nolita-Werbung? Die dürfen ja noch nicht mal mehr auf den Laufsteg!"

„Eben", pflichtet mir Milli bei. „Wenn du nur noch ein klapperdürrer Haufen Haut und Knochen mit einem vertrockneten Busen bist, findet dich garantiert niemand mehr sexy. Weder Nicolas noch sonst wer."

Extreme Schlankheit zeichnet derzeit das Schönheitsideal unserer westlichen Industrienation aus und setzt viele Mädchen und Frauen unter Druck. Manche von ihnen kommen damit nicht klar, überbewerten kritische Kommentare zu ihrem Aussehen, Essverhalten und Gewicht und beginnen eine Diät, um diesem Ideal näher zu kommen. Für viele von ihnen bedeutet dies den krankhaften Einstieg in die Magersucht, eine psychisch bedingte Essstörung, die ihr Leben nachhaltig bestimmt und mitunter tödlich enden kann, weil der Körper so runtergehungert wird, dass er nicht mehr funktionsfähig ist. Es ist aber meistens nicht nur der Schlankheitswahn allein, der Mädchen (und im Übrigen immer mehr Jungs) in die Magersucht treibt. Das Verweigern der Nahrungsaufnahme geht oft einher mit dem Verweigern der eigenen Weiblichkeit, der Veränderungen durch die Pubertät: Magersüchtige Mädchen haben kaum Busen, keine Periode und wachsen nicht so schnell. Mal abgesehen davon, dass sie unter chronischer Müdigkeit und Herzrhythmusstörungen leiden, Unfruchtbarkeit und Osteoporose riskieren, haben sie eine schlechte Haut und brüchige, glanzlose Haare. Das ist ein hoher Preis!!!

„Kommt ihr heute Nachmittag zum Basketball?", unterbricht Kleo in diesem Moment das Schönheitsgedöns. Sie hat die ganze Zeit über schweigsam dabeigestanden und guckt jetzt Milli

und mich erwartungsvoll an. „Die Leineweber hat für heute eine Extratrainingsstunde mit Skippings angesetzt.“
„Oh no, nicht schon wieder“, stöhne ich. Unsere Trainerin schiebt die Panik, weil unsere Mannschaft gerade auf dem absteigenden Ast ist und wir am Wochenende ein wichtiges Turnier spielen. Früher habe ich total gerne gespielt und bin immer regelmäßig dabei gewesen, aber in letzter Zeit ... „Ich weiß nicht“, sage ich. „Eigentlich wollten wir zu den Pferden gehen.“ Im Reitstall kann mir nämlich keiner dämliche Fragen zum Thema Knutschfleck stellen, weil mich dort niemand kennt.
„Schade“, meint Kleo und nagt an ihrem Apfel rum. Dann senkt sie verschwörerisch die Stimme: „Vielleicht interessiert es dich, dass Nicolas auch Basketball spielt.“
„Kommt er etwa nachher auch?“ Ein Freudenzucker durchfährt mich. Das wäre es! Mit Nicolas übers Feld dribbeln, Bälle fischen, gemeinsam aus einer Flasche trinken ...
„Und was ist mit deinem Schal?“, unterbricht Milli vorsichtig meine Träumereien. „Mit diesem Teil kannst du ja wohl schlecht spielen, oder?“ Sie zupft mir einen Fussel vom Kragen.
„Du hast recht.“ Enttäuscht lasse ich meinen Kopf an Kleos Schulter sinken. Nicht auszudenken, wenn das Fellding verrutscht und Nicolas meinen Knutschfleck sieht! Am Ende denkt er noch, ich habe einen Freund!
„Also, damit das mal klar ist“, beginnt Julia jetzt und baut sich vor mir auf. „Nicolas gehört mir. Okay?!“ Sie funkelt mich schlitzig an. „Außerdem hast du doch einen Knutschfleck von Yannis, was willst du denn mehr?“
„Außerdem kannst du mal aufhören, dich hier so aufzuspielen!“, blaffe ich zurück. „Und das mit dem Knutschfleck ...“

„Pssst!“ Kleo rempelt mir ihren Arm in die Seite. „Soll der das etwa mitkriegen?“ Sie deutet mit dem Kopf zu Nicolas, der ein paar Meter weiter lässig an einer Mauer lehnt und interessiert zu uns Mädchen herüberschaut. Genauer gesagt: Er schmachtet ganz intensiv Julia an, nicht Jolina, nicht Milli, nicht mich. Ich kann nichts dafür, dass sich ein dicker, trauriger Klumpen in meinem Bauch breitmacht, größer als zehn Yannis-Knutschflecke zusammen.

Was hat Julia, was ich nicht habe? Warum fliegen alle Jungs immer nur auf sie? Yannis, Juri, Nicolas ... Warum interessiert sich Nicolas nicht für mich? Vorhin im Französischunterricht hat er bei der Vorlesepartnerübung extra Julia ausgewählt. Logisch, Frau Müller-Rochefoucauld ist völlig entzückt, dass ein echter Franzose ihren stinklangweiligen Unterricht bereichert. Nicolas' Vater ist Diplomat und wurde plötzlich versetzt, weshalb er mitten im Schuljahr bei uns aufgetaucht ist. Aber für jemanden wie Nicolas scheint so ein Schulwechsel überhaupt kein Problem zu sein, zumindest was die Noten betrifft. Küsschen links-rechts und alles ist geregelt.
Mit seinen neuen Schulkollegen tut er sich allerdings ein bisschen schwer, allen voran Yannis, der ihm die eiskalte Schulter zeigt. Auch Juri ist genervt von Monsieur, weil jetzt keiner mehr über seine Witze lacht, sondern Nicolas im Mittelpunkt der Klasse steht. Und Sebastian ist chronisch neidisch, weil Nicolas original Pariser Chic trägt.
Ich hocke auf meinem Bett und betrachte mich seufzend in meinem Sonnenspiegel. Meine blonden Haare hängen strähnig runter, ein fieser Pickel leuchtet fett auf meiner Stirn – und

unter dem Fellschal prangt der größte Knutschfleck aller Zeiten. Muss ich mich da wundern, dass ich bei Nicolas nicht landen kann? Wie es wohl gewesen wäre, wenn er mich am Samstag geküsst hätte? Ich spitze meine Lippen. Eigentlich sind die doch völlig okay! Ob Nicolas sich wohl getraut hätte, mich vor all den anderen richtig auf den Mund zu küssen?

Nicolas ist bestimmt nicht so ein Weichei wie Yannis! Ich schließe die Augen und stelle mir vor, wie sich seine Lippen anfühlen. Bestimmt nicht so schwabbelig weich wie die von Yannis, überhaupt ist an Nicolas alles irgendwie härter, männlicher ...

„Sina, was machst du denn da? Und wie siehst du überhaupt aus?" Erschrocken werfe ich den Spiegel zur Seite. „Kannst du nicht anklopfen?", ranze ich meine Mutter an, die plötzlich mitten in meinem Zimmer steht. Super, da kann sie heute Abend mei-

nem Vater wieder was erzählen: Sina knutscht mit ihrem Spiegel!
„Ich habe angeklopft", sagt sie, „aber offensichtlich warst du so in Gedanken versunken ..." Sie grinst mich verschwörerisch an und setzt sich zu mir auf die Bettkante. „Bist du etwa verliebt?"
„Was? Nein!" Empört springe ich auf. Und wenn, würde ich es dir nicht sagen, niemals, füge ich in Gedanken noch hinzu. „Kannst du mich nicht einfach in Ruhe lassen?"
„Ist ja schon gut", wehrt Mama lachend ab. „Schließlich war ich auch mal jung."

Auch wenn es sich für dich erst mal blöd anhört: Deine Mutter ist deine erste Vertraute in Sachen Weiblichkeit. Schließlich ist sie wie du eine Frau und hat das alles schon hinter sich. Nimm ihr nicht übel, dass sie manches vergessen hat, sondern frag doch mal nach, wie das alles bei ihr war. Und wie gut sie sich während der Pubertät mit ihrer Mutter verstanden hat ... Auch für deine Mutter ist deine Pubertät eine besondere Phase, weil ihr kleines Mädchen jetzt eine große Frau wird – vielleicht möchte sie, dass du noch ein bisschen Kind bleiben darfst. Nimm es an, wenn du kannst, aber zeige ihr, dass du bereit bist, Verantwortung für dich zu übernehmen. Und KEIN kleines Mädchen mehr bist, indem du nicht sinnlos rumschreist oder andere piesackst, sondern vernünftige Gespräche führst.

Ach ja? So runzlig-alt wie Mama zur Zeit aussieht, scheint das Ewigkeiten her zu sein, denke ich fies.
„Eigentlich wollte ich mit dir etwas besprechen", beginnt sie zögernd. Jetzt kommt es, bete ich innerlich, Mama geht endlich wieder arbeiten, so wie es sich für jede normale Mutter gehört.

Seit Leon auf der Welt ist, kennt meine Mutter nämlich nur ein Thema: Leon, Leon, Leon – und geht mir und meinem älteren Bruder Paul grässlich auf den Geist damit. Wobei Paul inzwischen bei seinem Vater in einer Musiker-WG lebt und kaum etwas von ihren Mutti-Anfällen mitbekommt.

„Eine Freundin von Stefanie gibt Nachhilfe in Französisch und ich dachte, das wäre vielleicht was für dich. Wo du doch so Schwierigkeiten hast." Sie schaut mich erwartungsvoll an. „Was hältst du davon?"

Genial, das ist die Idee! Innerlich danke ich Yannis' Mutter für ihre guten Connections. Von Anfang an stehe ich nämlich mit meiner zweiten Fremdsprache auf Kriegsfuß und kann mir keine einzige Vokabel merken, aber das muss sich jetzt ändern, wenn ich bei Nicolas landen will.

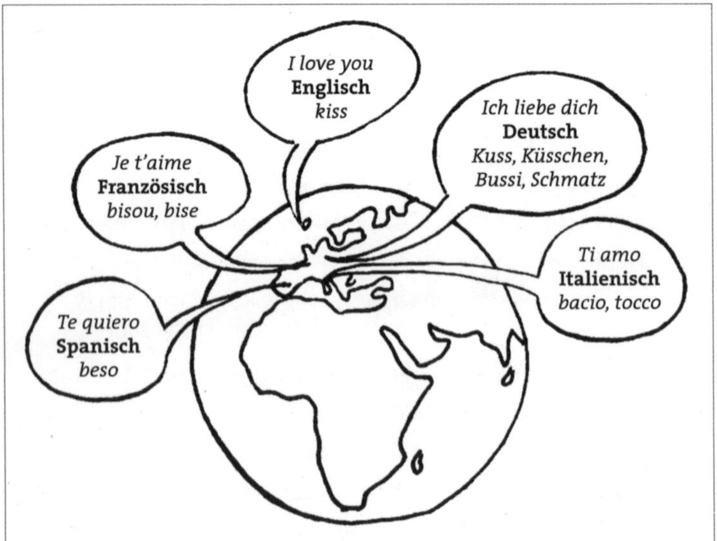

„Super Idee!“, rufe ich und drücke gut gelaunt meiner verdutzten Mutter einen Kuss auf die Wange – das habe ich seit etwa hundert Jahren nicht mehr gemacht. „Und ich gehe jetzt Haare waschen, ich bin nachher noch mit Milli verabredet.“ Innerlich fühle ich mich irgendwie so aufgedreht, als hätte ich ein Date mit Nicolas.

„Aber du hast doch gestern erst deine Haare gewaschen“, wundert sich Mama. „Und außerdem: Für den Reitstall oder zum Basketballtraining müssen es doch nicht fettfreie Haare sein!“ Meine Mutter runzelt die Stirn. Logisch, mit ihren fünf blonden Strähnen am grauen Haaransatz kapiert die auch gar nichts.

„Nein, wir treffen uns bei Milli zu Hause“, sage ich fröhlich. Wir wollen Beautytime machen, aber das binde ich meiner Mutter lieber nicht auf die Nase. Am Ende will sie noch mit! Milli hat so ein Buch, in dem steht, welche Farbe und welcher Schminkstil zu einem passt. Ich hätte ja nie gedacht, dass meine Freundin Milli sich von so Schminktussis wie Julia und Jolina verunsichern lässt, aber scheinbar ist die Diskussion von heute Morgen nicht spurlos an ihr vorbeigegangen. Denn sie rief vorhin während des Mittagessens extra an, um mich spontan zu einem „Wellness-Nachmittag“ einzuladen. „Sina“, hat sie gesagt, „das ist genau das Richtige: Je entspannter wir sind, desto hübscher sind wir, denn wahre Schönheit kommt von innen. Da kann Julia glatt einpacken und Nicolas vergessen!“ Weil ich dank meines Knutschflecks ja nirgends hinkann, habe ich sofort Ja gesagt. Was immer Wellness genau bedeutet. Und warum immer Milli plötzlich einen Beauty-Fimmel hat. Aber ich ahne den Grund dafür …

Wellness ist ein Oberbegriff für eine ganzheitliche Gesundheitsbewegung, deren Ziel Wohlbefinden (Wellbeing), Spaß und gute körperliche Verfassung (Fitness) sind. Wellness ist ein häufig gebrauchtes Trendwort, das sich in allen möglichen Zusammenhängen findet: Wellnesstees, Wellnesssocken, Wellnessmüsli ...

„Meine Mutter ist nicht da", begrüßt mich Milli, als sie mir später die Tür öffnet. „Wir haben also sturmfreie Bude!" Sie trägt bereits einen Bademantel und reicht mir einen Karotten-Smoothie. „Gegen die freien Radikale", sagt sie mit wichtiger Miene und grinst sich einen ab, weil sie genau weiß, dass ich keinen Plan davon habe, was das wohl für hundsgemeine Dinger sind. „Damit es in deinem Körper zu keinen zellzerstörenden Kettenreaktionen kommt und du forever young bleibst", fügt sie dann gnädigerweise hinzu. Egal, das Zeug schmeckt lecker und ich sauge mein Glas gründlich leer, damit meine Zellen ja frisch und knackig bleiben.

Beauty-Smoothie für schöne Haut und gutes Aussehen: für zwei Gläser je 100 ml Aprikosen- und Pfirsichnektar, 150 ml Mangosaft und 100 ml fettarme Milch verrühren.

Gute-Laune-Cocktail mit „Glückshormonen": für zwei Gläser 150 ml Apfelsaft, 250 ml Aprikosennektar, 2 EL Sanddornsaft und 1 reife Banane pürieren.

„Komm." Sie führt mich eine breite Holztreppe nach oben und öffnet die Tür zu einem Erkerzimmer. Mir fällt ein, dass ich vorher noch nie bei Kaisers zu Hause war, obwohl ich Milli jetzt schon so lange kenne. Bisher haben wir uns immer entweder zum Basketball, bei den Pferden oder in der City zum Powershoppen getroffen.

„Wow!", rutscht es mir raus. Mitten im Raum vor mir steht eine runde Badwanne auf einem dunkelbraunen Holzpodest, so was kenne ich höchstens mal aus einem Prospekt. Die Jalousien sind ganz runtergelassen und Milli hat unzählige Windlichter angezündet. Es ist kuschelig warm und duftet nach Vanille mit Zimt.

„Mach es dir gemütlich", meint sie und deutet auf ein breites Rattansofa. Ein Sofa im Bad, ich fass es nicht, bei uns passt gerade mal ein Badezimmerschrank in die Nische zwischen Dusche und Waschbecken.

„Hast du keinen Bademantel dabei? Macht nichts, du kannst den hier haben." Sie wirft mir ein flauschiges Teil zu und ich bin froh, dass ich mein olles ribbeliges Frotteemäntelchen nicht eingepackt habe.

„Wir starten mit einem Peeling und dann entspannen wir uns in der Badewanne", erklärt Milli fröhlich. „Ich habe alles so vorbereitet, wie es in diesem Ratgeber steht." Sie wedelt mir fröhlich mit einem kleinen samtbezogenen Buch vor der Nase herum.

„Du meinst, wir gehen da beide rein?" Skeptisch deute ich auf die Luxuswanne.

„Ja klar, hast du ein Problem damit?“ Milli streift ihren Bademantel ab und steht splitterfasernackt vor mir. Neidisch betrachte ich ihren Körper, Milli hat einfach eine gute Figur. Ich bin zwar nicht wirklich dick, aber für meine Größe bringe ich doch ein beachtliches Gewicht auf die Waage und das hat nichts damit zu tun, dass ich Schuhgröße 40 trage!

Bin ich Milli? Nö, ich bin Sina und ich futtere für
mein Leben gern Tante Irenes Erdbeertörtchen,
auch wenn ich davon fiese Pickel bekomme.
Aber vielleicht verzichte ich in Zukunft darauf,
heimlich Leons Schokovorrat zu plündern,
wenn ich vom Basketballtraining komme ...

„Los, Sina, hab dich nicht so, wir sind doch unter uns“, sagt sie. „Und deinen Knutschfleck kenn ich ja auch, den brauchst du vor mir nicht zu verstecken“, fügt sie grinsend hinzu.
„Ich dachte, wir wollten Schminktipps ausprobieren“, wende ich zögernd ein. „Damit wir Julia morgen die Show vermasseln ...“
„Sina! Ich kenne Leute, die bezahlen richtig viel Kohle, um in so eine Badwanne eintauchen zu dürfen. Und du bekommst diesen Event geschenkt, inklusive Whirlpool, einfach so. Außerdem: Hast du vergessen, wahre Schönheit ...“
„... kommt von innen“, vervollständige ich seufzend den Satz. Milli stellt sich jetzt in die Mitte von der Wanne und beginnt, sich mit kreisenden Bewegungen eine körnige Paste auf ihren Körper zu schmieren. „Hier, riech mal.“ Sie hält mir den Tiegel unter die Nase. „Das ist feinstes Olivenölpeeling aus der Toskana. Los, sei kein Spielverderber!“

Durch ein **Peeling** wird die obere Schicht aus Hornzellen der Haut abgerubbelt, kleine Unreinheiten verschwinden, die Haut wird weich und zart. Für ein Körperpeeling nimmst du 2 Esslöffel Meersalz (Drogerie, Apotheke) und gibst so viel Olivenöl dazu, dass eine cremige Paste entsteht. Dann verteilst du das Peeling in kreisenden Bewegungen auf deinem Körper. Am Busen ganz zart, etwas kräftiger rubbeln kannst du am Ellenbogen und an den Oberschenkeln. Mit viel warmem Wasser abspülen. Das Olivenöl wirkt rückfettend und macht die Haut streichelzart. Wenn du magst, kannst du dich hinterher trotzdem eincremen.

Zögernd kleide ich mich aus und stelle mich zu ihr in die Wanne. Irgendwie fühle mich total unwohl in meiner Haut, so ganz nackt. Als ich mich dann aber mit der körnigen Pampe einreibe, um mich kurz darauf von Milli mit einem warmen Wasserstrahl abduschen zu lassen, ändert sich das schlagartig. Der ganze Stress und Ärger fällt von mir ab, lauter wohlige Schauer durchrieseln meinen Körper. Wenig später sitze ich in einem duftenden original provenzalischen Lavendelschaumbad Milli gegenüber – und fühle ich mich tatsächlich so entspannt wie nie.

Badezusätze solltest du je nach Hauttyp und Anlass wählen, die Auswahl ist riesig, von günstig bis teuer, von simpel bis luxuriös. Schaumbäder können empfindliche Haut austrocknen, Ölbäder Pickel verstärken.

Grundrezept für selbst gemachte Badezusätze: Etwa eine Tasse voll Kräuter, Gewürze oder Blumen in einen Waschhandschuh oder in ein Gazenetz füllen und in den Wasserstrahl hängen. Schau mal in euer Küchenregal, in den Kräuterkasten oder in deine Duftölsammlung und stelle deinen eigenen Badezusatz nach Lust und Laune zusammen:

Fichtennadeln = bei Erkältungen

Lavendel = entspannt, hilft bei Hautproblemen

Orange = beruhigt und wärmt

Pfefferminze = anregend und nervenstärkend

Rosen = harmonisiert und entspannt

Rosmarin = anregend und muskellockernd

Sahne = nährt und pflegt die Haut, guter Träger für Aromaöle

Zimt = entspannt und wärmt, bei Erkältungen

Zitronen = erfrischend und anregend

„Das ist genial!", seufze ich und schließe verzückt die Augen, „wenn ich groß bin, will ich auch so eine Badewanne!"

„Geschenkt", meint Milli. „Nur wenn du versprichst, dass deine Kinder auch drin baden dürfen."

„Heißt das, du darfst hier eigentlich gar nicht rein?", frage ich erschrocken.

Milli winkt lässig ab. „Keine Sorge. Vor acht Uhr ist meine Mutter nicht zurück, sie ist mit ihren Tennisfreundinnen unterwegs, das kann dauern."

Eine Weile dösen wir verträumt im Schaum vor uns hin. Milli lässt immer mal wieder warmes Wasser nachfließen, damit es nicht so kalt wird.
„Meinst du, Nicolas ist wirklich in Julia verliebt?“, fragt Milli plötzlich.
„Weiß nicht, könnte schon sein, so wie der sie immer anstarrt“, antworte ich lahm. Im Moment ist der mir so was von egal. Ich liege hier, wohlig warm, duftend, leicht, ohne Pickel- und Knutschflecksorgen.
„Meinst du, ich habe gar keine Chance bei ihm?“, fragt Milli weiter und setzt sich ruckartig auf. „Ich meine, mein Busen ist ja gar nicht so groß. Deiner ist viel größer.“
Spinnt die jetzt? Seit wann macht sich Milli denn solche Gedanken? Demonstrativ verschränke ich meine Arme vor der Brust. Keine Lust auf Busenstress. Ich starre eine Weile auf ihren wohlgeformten hübschen Busen. Könnte schon sein, dass Nicolas den toll findet.
„Ich bin ja auch blond“, antworte ich bissig, „auf mich steht er eh nicht.“ Dann halte ich meine Nase zu und lasse mich unter Wasser sinken. Abtauchen. Nichts sehen! Nichts sagen! Nichts fühlen! Nichts hören!?!?
Dem Blubbern und Rauschen um mich herum nach zu urteilen, muss Milli den Whirlpool mindestens auf Stufe drei eingeschaltet haben. Doch das Gegenteil ist der Fall: Sie ist schwungvoll aufgestanden und steht jetzt in ein Handtuch gehüllt neben der Wanne.
„Mir reicht's“, sagt sie, als ich sie verwundert nach Luft schnappend anschaue. „Außerdem trocknet sonst die Haut zu sehr aus.“ Sie hat eine weiße Plastikflasche in der Hand und cremt

sich großzügig ein. „Los, komm auch raus, dann machen wir es uns auf meinem Bett gemütlich."

Also, ich weiß nicht, was an Wellness entspannend sein soll, ich habe gerade nur Stress: Ich kann nicht einfach nur stundenlang im Wasser vor mich hin träumen, wie ich das will, sondern muss ständig diskutieren, peelen und cremen.

Dann sitzen wir in unseren Bademänteln auf Millis Bett, futtern Müslikekse und blättern in diesem Beauty-Ratgeber herum.
„Genial", ruft Milli begeistert, „hier steht, wie bestimmte Farben deinen Typ aufpeppen können. Da kann Julia ihre Glitzerkosmetik im Tiegel lassen und Nicolas vergessen!"

Nach der **Farbtypenlehre** besitzt jeder Mensch einen bestimmten Hautunterton, der von Geburt an festgelegt ist: warmtonig (Frühlingstyp, Herbsttyp) oder kalttonig (Sommertyp, Wintertyp). Entsprechende Farben harmonieren besonders gut und bringen deinen Typ besser zur Geltung.

„Träum weiter", sage ich, betrachte aber interessiert die abgebildeten Farbpaletten. „So wie ich Julia kenne, sitzt sie gerade vor ihrem Spiegel und übt den perfekten Lidstrich, damit sie Nicolas morgen noch intensiver mit funkelnden Augen anklimpern kann."
„Aber nur wir wissen, ob sie auch die richtige Farbe wählt", grinst Milli und schnappt sich einen Bleistift. „Komm, wir machen den ultimativen Farbtest."

Test: Finde heraus, welche Farben zu dir passen

Deine Haut ist eher ...

F hell und zart mit vielen Sommersprossen.

H elfenbeinfarbig bis bronzefarben und wird schön braun.

S blass-rosig mit ein paar Sommersprossen.

W blass-olivfarben und wird nicht braun.

Deine Haare sind ...

F blond mit rötlich warmem Schimmer oder rot.

H rotbraun, rot, mittelblond oder dunkel mit rötlich warmem Glanz.

S blond, brünett mit leicht aschigem Unterton.

W dunkel, fast schwarz mit leicht aschigem Unterton oder platinblond.

Deine Augen sind ...

F hell aquamarin, blau oder hellbraun mit grün-goldenen Sprenkeln in der Iris.

H braun, grün oder olivfarben mit goldenen oder rostbraunen Strahlen in der Iris.

S sanft blau oder grün, die Iris steht kaum im Kontrast zum Augenweiß.

W intensiv blau, grün, braun oder grau, die Iris hebt sich klar vom Augenweiß ab.

Auswertung:

Zähle aus, wie oft du welchen Buchstaben angekreuzt hast. Wenn du ein Mischtyp bist, was durchaus vorkommen kann, freu dich: Dann stehen dir noch mehr Farben zur Auswahl.

F = Frühlingstyp: Warme Farben betonen die gelblich goldenen Töne von Teint und Haaren.

H = Herbsttyp: Zu dir passen alle warmen und gedeckten Farben.

S = Sommertyp: Farben mit blaustichigem Unterton betonen besonders deine Haut- und Augenfarbe.

W = Wintertyp: Dir stehen kräftige Farben und starke Kontraste besonders gut.

Frühling = heller Typ

Grün! Apfelgrün, Lindgrün, außerdem Apricot, Sonnengelb, Beige, Cremeweiß, Türkis, Aquamarin, Kamelbraun, Lachsrot, Hummerrot, warmes Rosa. Vorsicht mit Schwarz und Blau. Zarte Töne, keine Knallfarben!

Herbst = gedeckter Typ

Orange! Außerdem Rostrot, Olivgrün, Tannengrün, Cremeweiß, Nougatbraun, Beige, Aubergine, Goldgelb, Petrol, Kupfer, Schokobraun, Aubergine. Vorsicht mit Schwarz. Warme gelbstichige Rottöne, keine kalten Farben!

Sommer = blasser Typ

Jeansblau! Außerdem Weiß, Himmelblau, Silbergrau, Flieder, Lavendel, zartes Rosa, Himbeerrot, Weinrot, Flaschengrün, Silber. Vorsicht mit Schwarz und Grau. Bläulicher Unterton, keine gelblichen Töne!

Winter = kontrastreicher Typ

Schwarz! Violett! Außerdem Schneeweiß, frostige Pastelle, Pink, Flaschengrün, Zitronengelb, Enzianblau, Königsblau, Kirschrot, Scharlachrot, Silber; kein Orange. Vorsicht mit Grün und Beige. Kräftige Farben, keine zarten Pastelltöne.

„Deswegen hat mir die quietschrosa Jacke von Tante Irene nicht gestanden!“ Aufgeregt tippe ich auf dem Zettel herum. „Als Herbsttyp stehen mir keine kalten Farben und Rosa schon mal gar nicht. Puh, aber wie erkläre ich das bloß meiner Mutter?“ Genervt verdrehe ich meine Augen. Die hat mich nämlich mit den Worten „Weißt du überhaupt, was die gekostet hat?“ in dieses Jankerl gezwungen, das mir Tante Irene extra aus Wien mitgebracht hat. Dabei würde das noch nicht mal Heidi auf ihrer Hütte beim Alm-Öhi tragen, so old-fashioned ist das Teil, Trendfarbe Rosa hin oder her. Keine Ahnung, was sich meine Lieblingstante dabei gedacht hat, sonst trifft sie mit ihren Geschenken für mich immer ins Schwarze. Den Flirtratgeber, den sie mir zum Geburtstag geschenkt hat, zum Beispiel, habe ich sofort angefangen zu lesen, wen wundert's. Aber wenn ich jetzt mit Orange, Rot und Grün „mehr aus meinem Typ mache“, muss doch Nicolas endlich kapieren, dass ich viel hübscher bin als Julia.
Wie es sich herausstellt, ist Milli mit ihren rötlich schimmernden Haaren ganz klar der zarte Frühlingstyp. „Aber das meinen die doch nicht im Ernst, oder?“, meint sie und verzieht empört ihr Gesicht. „Nur weil ich jetzt Pastelltöne tragen soll, werfe ich doch nicht meine kompletten Klamotten weg! Außerdem sehe ich dann ja aus wie Kleo!“
„Soll ja auch nur eine Hilfe sein“, tröste ich sie. „Deine Jeansjacke steht dir trotzdem super. Und Kleo sieht in diesen babyrosa Sweatshirts doch immer allerliebst aus, oder?“
„Klar“, kichert Milli los, „weil sie ein Frühlingstyp ist!“
„Aber ob Nicolas auf Babys steht?“ Ich seufze tief und ziehe den Bademantel fester zu. Ich schließe die Augen und sehe sofort sein Gesicht vor mir.

„Weißt du's?", antwortet Milli. „Bis jetzt interessiert er sich eindeutig nur für Julia. Wahrscheinlich haben wir eh keine Chancen bei ihm. Und das hier ..." Sie deutet grinsend und mit verdrehten Augen auf ihren Handtuchturban, unter dem gerade eine Haarpackung einwirkt, „ist für die Katz."

Sich in Farben zu präsentieren, ist ein Spiel, das sich jeden Tag anders anfühlt. Betrachte dich doch mal im Spiegel, welche der folgenden Farben du heute trägst. Und überlege, warum!

Grün = Ich bin ruhig! Oder: Ich liebe die Natur! Oder: Ich bin ausgeglichen! Oder: Ich fühle mich sicher!

Blau = Ich bin entspannt! Oder: Ich bin kreativ! Oder: Ich bin intuitiv! Oder: Ich bin treu!

Rot = Ich bin empfindlich! Oder: Ich habe Lust auf Jungs! Oder: Ich bin schön! Oder: Ich habe Feuer, Kraft und Leidenschaft!

Gelb = Ich bin kraftvoll! Oder: Ich bin sonnig, warm und hell! Oder: Ich muss beschützt werden!

Weiß = Ich bin rein! Oder: Ich bin kompetent! Oder: Ich fühle mich richtig!

Schwarz = Ich bin cool & trendy! Oder: Ich will meine Ruhe haben! Oder: Ich wirke geheimnisvoll! Oder: Ich bin traurig!

Bunte Schmetterlinge im Bauch

Die nächsten Tage in der Schule sind die Hölle. Dank des Kunstfellschals habe ich einen juckenden Ausschlag am Hals, den ich mit allen möglichen Cremes versuche zu lindern. Ob ich mich doch mal Tante Irene anvertrauen sollte? Die weiß in solchen Fällen immer Rat. Gleichzeitig schillert der Knutschfleck an meinem Hals in allen Farben des Regenbogens, als wolle er mich täglich daran erinnern, dass Yannis ein Komplettversager und Nicolas unerreichbar für mich ist. Denn der guckt mich zwar immer wieder an und ich gucke dann vielsagend zurück, aber weiter bin ich noch nicht, weil immer wieder Julia dazwischenfunkt und ihn in Beschlag nimmt. Aber ich gebe nicht auf und bin wild entschlossen, die Tipps aus meinem Flirtratgeber alle auszuprobieren.

Blick und Kick – er schaut dich an und du lächelst zurück. Volle Kanne und kilometerweit sichtbar. Wenn er wegschaut und nicht gleich zurücklächelt: Bleib dran. Ist er an dir interessiert und will mir dir flirten, schaut er garantiert gleich wieder zu dir hin, wenn nicht, verlässt er sowieso den Raum. Wenn er schaut, beginnt das Spiel. Er schaut weg, du schaust weg. Du schaust hin, er schaut hin und lächelt, du schaust wieder weg, dann wieder hin und lächelst, er schaut immer noch und lächelt – Bingo!

Im Französisch-Vokabeltest kassiere ich eine glatte Fünf und Frau Müller-Rochefoucauld macht keinen Hehl daraus, dass sie mich, fremdsprachlich gesehen, für einen hoffnungslosen Fall hält. Dafür hat sie garantiert keinen blassen Schimmer von Logarithmen und Basketball, jede Wette, aber das zählt ja nicht. „Frag doch Nicolas, ob er dir Nachhilfe gibt", schlägt Milli in der großen Pause vor. Sie trägt gemäß Farbtest heute einen hummerroten Poncho und sieht aus wie eine Vogelscheuche.

Vielleicht ist das sowieso alles nur Quatsch und jeder sollte die Klamotten tragen, die ihm gefallen! Nur wenn ich etwas ausprobiere, kann ich herausfinden, ob ich mich darin wohlfühle und ob es zu mir passt. Und wenn ich mich wohlfühle, sehe ich auch gut aus. So heißt es doch, oder??? Mmmh, gilt das mit dem Ausprobieren eigentlich auch für Jungs?

„Kannst dir ja auch von ihm einen Knutschfleck machen lassen", lästert Kleo. „Wo du die doch seit Neustem sammelst ..." Sie haucht zwei Küsschen in die Luft.
„Blöde Kuh!", fauche ich und blicke schnell zu Yannis rüber, der so tut, als ob er nichts gehört hätte. Dabei hat er, jede Wette, seine Salatblätter auf Empfang gestellt. In letzter Zeit ist er erstaunlich oft in meiner Nähe, sagt aber keinen Ton, sondern starrt

mich einfach nur an. Was wäre auch dem fettesten Knutschfleck aller Zeiten hinzuzufügen? Mit einer einfachen Entschuldigung ist es nämlich nicht getan, das schwöre ich, so wahr ich Sina Rosenmüller heiße.

„Warum siehst du heute eigentlich so komisch aus?", fragt mich Milli rundheraus, wie wir jetzt so über den Schulhof schlendern. „Gegen dich hat Kleo ja die reinsten Spaghetti auf dem Kopf." Sie zupft an meinen Haaren herum und grinst sich einen ab.

„Wahrscheinlich hatte ihr Lockenstab einen Kurzschluss", meint Kleo trocken und kramt einen Zwieback aus ihrer Jackentasche. „Oder?"

„Ihr seid doof!" Tränen schießen mir in die Augen. Ich weiß doch selbst, wie beknackt ich aussehe, aber heute Morgen war die Zeit zu knapp und nichts mehr daran zu ändern. Vorm Schlafengehen habe ich mir nämlich die Haare nass gemacht und unzählige Zöpfchen geflochten, weil ich meinen herbstlichen Typ aufpeppen wollte. Na ja, und heute Morgen sehe ich aus wie Kleo zu ihren besten Zeiten. Die hat nämlich die festesten Korkenzieherhaare, die man sich vorstellen kann, und sieht selbst aus wie ein Ringelringelschwein. Mit dem Unterschied, dass sie ihre Haare inzwischen raspelkurz trägt, damit niemand mehr darüber lästern kann. Meine dagegen stehen ab wie bei einer abgeschrubberten Zahnbürste.

„Komm, einmal Haare waschen und schon ist das wieder weg." Kleo knufft mich freundschaftlich in die Seite. „Wir haben dich trotzdem lieb."

Dankbar gucke ich meine ehemals beste Freundin an. Irgendwie ist sie zurzeit wieder ein bisschen offener. Ob das auch an Nicolas liegt? Wie zur Bestätigung streicht sie sich durch ihre kurzen Locken und linst zu ihm rüber. Aber Nicolas unterhält sich gerade wild gestikulierend mit Julia und Jolina. Im Vorbeigehen schnappe ich die Wortfetzen „City", „Einkaufscenter" und „Baci-Baci-Schokobecher" auf, und weil ich ja mathematisch als ziemlich hochbegabt gelte, zähle ich eins und eins zusammen.

„Was haltet ihr von einem kleinen Stadtbummel heute Nachmittag?", frage ich möglichst unschuldig und gucke meine Freundinnen erwartungsvoll an. „Ich habe zu meinem Geburtstag einen Gutschein von der hippen Trendboutique geschenkt bekommen. Habt ihr Lust, mich zu beraten?", frage ich.

„Logisch", ruft Julia. Sie steht auf einmal neben mir und grinst mich fies an. „Geschmackstechnisch musst du mal deine Stilverwirrung auskurieren. Bürstenlook ist doch völlig out!" Mit angewiderter Miene greift sie in meine Haare. Unter ihrem schrägen Pony, den sie seit Neustem trägt und den sie sich bei ihrer großen Schwester Ashley abgeguckt hat, schielt sie heimlich zu Nicolas rüber, ob der auch ja alles mitbekommt. Bien sur, Monsieur Supersüß lächelt unwiderstehlich charmant in unsere Richtung. Ob er mich meint? Vorsichtshalber grinse ich zurück, habe aber sofort Julias Ellenbogen in meiner Seite. „Der interessiert sich nicht für Bürsten-Babys, klar?", raunt sie und lächelt ihn dabei besonders hingebungsvoll an. Blödes Spiel!

Bevor ich Richtung Innenstadt aufbreche, wasche ich erst mal sorgfältig meine Haare und stelle meinen alten Sina-Look mit den beiden Zöpfen wieder her, obwohl Mama hinter mir mit 200 Dezibel hermeckert, dass ich mir ernsthaft Sorgen um einen Hörschaden mache.

„Du hilfst mir gefälligst beim Abwaschen“, schreit sie die Treppe hoch, doch ich stelle zur Antwort einfach die Dusche an. Pech, da kann ich sie leider nicht mehr hören. „Was denkt die sich bloß“, grummel ich vor mich hin und schäume mich ordentlich ein. Mit dieser Pudelbürstenfrisur kann ich doch nicht in die City, die blöden Sprüche heute Morgen in der Schule haben mir gereicht. Als ich wenig später meine Haare föhne, fällt mein Blick auf Mamas Schminkutensilien. Tausendmal schon habe ich mich heimlich geschminkt – und ebenso oft wieder abgeschminkt, weil ich mich nicht getraut habe, mit Kajalstift unterm Auge rumzulaufen. Ganz zu schweigen von Mamas Meckergewitter, wenn sie mitbekommen hätte, dass ich heimlich an ihren Sachen war! Zum Glück besitze ich inzwischen meine eigene Wimperntusche: First-Flirt-Mascara mit Flexibrush, da konnte ich in der Drogerie neulich nicht dran vorbeigehen! Ist leider ein bisschen bröselig, dafür war sie nicht so teuer und so ein dezenter Wimper-Klimper-Augenaufschlag kommt total gut, das steht auch in diesem Flirtratgeber.

Für ausdrucksvolle Augen brauchst du keinen dicken Kajalstift, sondern einfach nur eine sehr gut verträgliche Wimperntusche, am besten in Schwarz. Gönne dir die beste, die du dir leisten kannst, das ist eine sinnvolle Investition (wie in eine sehr gute schwarze Hose!). Eine richtig gute Wimperntusche schmiert nicht, bröselt nicht, brennt nicht und „verrutscht“ nicht. Denn nichts ist peinlicher, als wenn du ständig kontrollieren musst, dass ja nichts schattet! Mit einer guten Mascara sind deine Wimpern gepflegt und lassen deine Augen richtig strahlen. Lass dich im Fachgeschäft beraten und probiere aus, bis du die richtige gefunden hast.

Von meinem Taschengeld habe ich mir neulich sogar einen supergünstigen Kajalstift gekauft, aber der war so hart, dass ich mir beinahe mein Augenlid damit aufgeschlitzt habe. Mama besitzt natürlich nur die teuren weichen Markenstifte, weshalb auf heimliches Benutzen Höchststrafe mit Taschengeldentzug samt Internetsperre steht. Und Internetsperre wäre wirklich blöd, denn dann könnte ich nicht mehr unter *www.sinasblog.de* mein Online-Tagebuch schreiben. Trotzdem, ich kann den Tiegeln und Tuben nicht widerstehen und schminke mich ganz sorgfältig, Schritt für Schritt, so wie ich es neulich mal in einer von Mamas Frauenzeitschriften gelesen habe.

Make-up ist der Oberbegriff für dekorative Kosmetik, wird aber als Begriff auch einfach nur für die **Grundierung** gebraucht. Make-up gibt es von leicht bis stark deckend, mattierend oder schimmernd. Unbedingt passend zur Hautfarbe und zum Hauttyp wählen.

Getönte Tagescreme ist Pflege und dezente Bräune in einem, verleiht einen frischen Teint, ohne dass es „zugekleistert" aussieht. Ideal für junge Haut, die nicht zu verpickelt ist. Unbedingt passend zur Hautfarbe und zum Hauttyp wählen.

Abdeckstift kaschiert Pickel und kleine Hautrötungen und wird unter dem Make-up verwendet. Immer einen Ton heller wählen!

Puder gibt es kompakt oder lose, transparent oder farbig. Puder verleiht der Haut einen matten Teint und pflegt, ohne zu verstopfen. Toll bei fettig glänzender Haut.

Kajalstift gibt es in vielen Farben und umrandet mit einer weichen Linie die Augen. Farbe passend zur Iris wählen, das verstärkt die Ausdruckskraft.

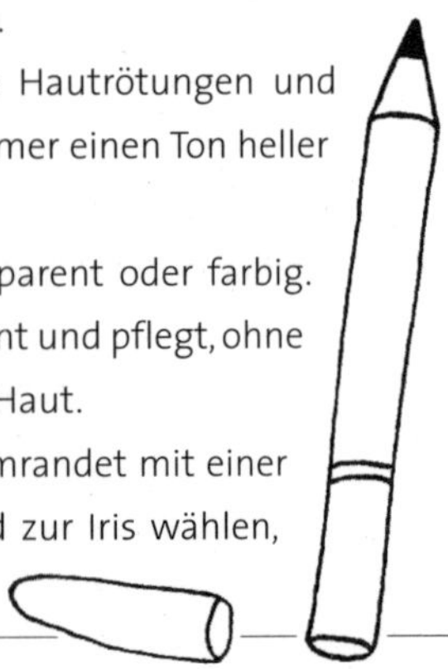

Eyeliner Als zarte Linie gezogen, verlängert er optisch die Wimpern, kann die Augen aber auch hart umranden.

Lidschatten wird als Puder, Gel oder Creme aufgetragen und macht Augendeckel richtig bunt und sexy. Je nach Anlass und Typ wählen!

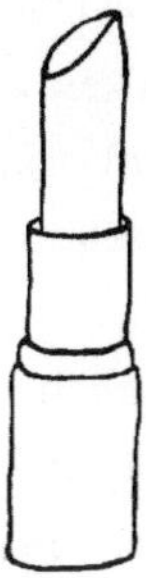

Mascara Wimperntusche gibt es auch in wasserfest, ein gutes Bürstchen gibt den Wimpern den richtigen Schwung.

Lippenkonturenstift Klare Konturen machen Lippen ausdrucksvoller und lassen sie größer bzw. kleiner wirken. Unbedingt passend zur Lippenstiftfarbe wählen!

Lippenstift pflegt und färbt in einem, je nach Pigmentanteil. Kussfeste Lippenstifte halten den ganzen Tag, trocknen aber die Lippen aus.

Lipgloss lässt die Lippen toll und natürlich glänzen, wenn es nicht zu dick aufgetragen wird. Gibt es farbig, glitzrig und deckend.

Lippenbalsam Pflegestifte gibt es farblos oder leicht getönt, helfen gegen spröde und rissige Lippen. Sollte man nicht zu häufig verwenden, sonst können die Lippen irgendwann nicht mehr ohne. Lieber mal über Nacht eine spezielle Creme oder Honig auftragen als ständig zu schmieren.

Rouge als Creme oder Puder je nach Grundierung verwenden. Rouge verleiht der Haut Frische, dazu wird wenig (!) Farbe auf dem Jochbogen oder der Wange aufgetragen, je nach Gesichtsform. Bräunliche oder Terrakottatöne sehen am natürlichsten aus, Pink macht frisch, klares Rot sparsam verwenden.

Mit dem blauen Strich um die Augen fühle ich mich heute richtig erwachsen, schließlich will ich nachher den süßesten Franzosen der Welt „rein zufällig“ in der Stadt treffen. Ich klaue mir einen Klacks von Mamas getönter Tagescreme, tusche noch sorgfältig meine Wimpern, geübt ist geübt, wobei ein winziger Fusselkrümel am linken unteren Wimpernrand hängen bleibt, der beim Wegwischen verschmiert. Mist! Vorsichtig befreie ich mein Gesicht mit einem feuchten Wattestäbchen von schwarzen Flecken, das nächste Mal sollte ich wohl etwas mehr Geld in meine Mascara investieren. Dann style ich meine Haare noch ein bisschen mit meinem neuen Designgel und dem Ultraglanzlack und mache, dass ich aus dem Haus komme, bevor Mama mich zurückpfeifen kann. Als ich an der Bushaltestelle stehe, spiegelt sich zwar eine fremde Sina im Wartehäuschen, doch ich finde, mit dreizehn darf ich ruhig mal so richtig erwachsen aussehen.

„Wow, steht dir echt gut“, meint Milli anerkennend, als wir uns wie verabredet um drei am Luisenbrunnen treffen. Sie selbst hat nur ein bisschen farbloses Lipgloss aufgetragen und ihre Vogelscheuchenklamotten von heute Morgen gegen ihr übliches Sporty-Outfit eingetauscht.

„Kommt Kleo doch nicht?“, frage ich, um abzulenken. Irgendwie ist mir das mit dem Schminken doch ein bisschen peinlich. Etwas unsicher schiele ich runter zu meinem Fellschal, der blöderweise ein paar braune Sprenkel von der Tönungscreme abgekriegt hat. Vielleicht hätte ich den vor meiner Schmink-Session doch lieber ausziehen sollen ...

„Keine Ahnung.“ Milli zuckt mit den Schultern und grinst. „Vielleicht hat Ambra Migräne ...“

Als von Kleo nach einer Viertelstunde immer noch nichts zu sehen ist, pilgern wir einfach los. Milli ist die Shopping-Queen schlechthin, das weiß ich bereits von unseren unzähligen Stadtbummeleien. Obwohl sie ziemlich cool und unaufgeregt ungestylt wirkt, kennt sie alle Insider-Geschäfte unserer Stadt. Zielsicher zieht sie dann auch in der Boutique eine weiße Röhrenjeans aus dem Regal.

„Hier, probier mal", meint sie und führt mich in die Umkleide. „Enge weiße Jeans sind zeitlos kultig und machen einen schönen Po."

Aha! Davon habe ich zwar noch nie gehört, ich dachte, die wären out und Weiß unvorteilhaft, aber wenn sie meint ... Insgeheim höre ich schon Mama fluchen, weil helle Hosen so unpraktisch sind. Aber zu meinem Typ passt dieses Cremeweiß nun mal ausgezeichnet, liebe Mutter, und sonst glaubt sie ja auch immer alles, was in diesen Frauenzeitschriften steht. Als ich mich dann hinter der Holzschwingtür in die Jeans reinquetsche, bin ich davon allerdings nicht mehr so überzeugt. Ich ächze und zwänge mich in die Hose, versuche, den Reißverschluss zu schließen, aber das Scheißteil passt nicht. Ich ziehe meinen Bauch ein, japse nach Luft, immerhin trage ich ja diesen Fellschal am Hals – *Ratsch!* –, irgendetwas ist ausgerissen. Ich spüre, wie mir die Schweißtropfen den Rücken runterrieseln, mein Gesicht spiegelt sich hochrot vor Anstrengung.

„Und, passt sie?", ruft Milli in diesem Moment. Sie steckt ihren neugierigen Kopf in die Kabine herein.

„Nicht so gut", ist alles, was ich rauskriege, und das ist noch untertrieben. Dann breche ich heulend auf dem kleinen roten Plüschhocker zusammen. „Ich bin zu fett. Meine Oberschenkel, mein Hintern, alles ...", schniefe ich. Im Licht der Neonröhren wirkt mein an sich sportlicher Sina-Körper wie eine schwabbelige Grützwurst. Jetzt rächt es sich, dass ich in letzter Zeit so oft das Basketballtraining geschwänzt habe. Milli ja auch, aber sie hat eine astreine Figur, sie würde selbst nach vier Wochen Dauerfressen in jede noch so enge Hose passen. Ich leider nicht. Und Kleo hätte erst recht kein Problem mit ihren Spargelbeinen. Obwohl – bei ihr würde die Jeans garantiert am Hintern nur rumschlabbern, was wahrscheinlich auch nicht besser aussieht.

„Hey, Süße, komm, vielleicht musst du einfach eine Nummer größer probieren", meint Milli und reicht mir ein Taschentuch. „Hier, wisch mal, du siehst fürchterlich aus."

Dankbar schnäuze ich hinein. Da höre ich eine vertraute Stimme draußen auf dem Gang mit der Verkäuferin sprechen. „Merci, Madame!" Nicolas! Schock, wenn der mich hier so sieht! Schnell ziehe ich Milli in die Kabine. „Psst!", mache ich und lege den Zeigefinger auf meinen Mund. Milli guckt mich mit ihren großen Augen fragend an, doch ich nicke mit dem Kopf Richtung Nachbarkabine. „Nicolas", flüstere ich.

„Was macht der denn hier?", wispert Milli mit hochrotem Kopf. Auch mir ist der Gedanke schrecklich peinlich, dass er quasi nackt neben uns steht.

„Welche Farbe wohl seine Unterhose hat?", sage ich gedankenverloren, während ich meine alte Cordbuggy wieder anziehe.

„Boxershorts! Nee, warte, so einer trägt Slip!", kichert Milli prustend los. „Der hätte mal bei ‚Wahrheit oder Pflicht' dabei sein sollen."

„Pssst." Unwillkürlich prüfe ich bei diesem Stichwort, ob mein Zebraschal ordnungsgemäß meinen Giga-Knutschfleck überdeckt. Neben uns raschelt eine Tüte, ein Reißverschluss wird

aufgezogen und dann hören wir ein Geräusch, als wenn ... Nicolas wird doch nicht?
„Iiiih, der hat gepupst!“ Milli hält sich empört die Nase zu. „Oder warst du das?“
Entsetzt schüttele ich den Kopf. „Wahrscheinlich bekommt ihm das deutsche Essen nicht“, versuche ich meinen Schwarm flüsternd zu entschuldigen, wobei mir trotzdem etwas schummerig im Bauch wird. Meine Güte, was hat der bloß gegessen? Sauerkraut-Bohnen-Eintopf mit Zwiebelgemüse? Aber noch etwas bereitet mir Bauchweh: Wie komme ich hier nur wieder unbemerkt raus? Wenn mich Nicolas mit meinem verheulten Gesicht sieht, kann ich ihn mir sprichwörtlich ganz abschminken. Und wenn er merkt, dass wir neben ihm in der Umkleide waren und ihn belauscht haben, erst recht. Aber in dieser Kabine halte ich es keine fünf Minuten mehr aus. Ich mache Milli hektische Zeichen, dann klappen wir auf drei die Schwingtür zur Seite und zischen an dem verdutzten Nicolas vorbei, der gerade einen leeren Bügel auf einen Haken schiebt. Ob er uns erkannt hat? Ich hoffe nicht! Milli und ich laufen quer durchs Einkaufscenter, Rolltreppe rauf, Rolltreppe runter, als wären wir auf Verbrecherjagd.
„Bist du trotzdem immer noch in ihn verliebt?“, ruft Milli mir im Laufen zu.
„Und wie“, rufe ich zurück. Das bisschen Gepupse tut meinen Gefühlen doch keinen Abbruch – jetzt, wo ich wieder an der frischen Luft bin. Erstaunt stelle ich fest, dass ich kaum aus der Puste bin, als Milli zehn Minuten später vor Douglas eine Vollbremsung hinlegt. Vielleicht bin ich doch besser in Form, als ich dachte ...

„Komm, da müssen wir rein“, schnauft Milli atemlos, „es gibt so eine neue Wellness-Bade-Serie, vielleicht können wir eine Probe schnorren.“ Und schon zieht sie mich mit sich in den Glitzerpalast.

„Kindchen, wie siehst du denn aus“, empfängt mich ein schwarz gekleideter Typ mit dunklen Locken, als wir im ersten Stock aus dem Fahrstuhl steigen und beinahe über seinen Schminktisch stolpern.
Keine Ahnung, was er meint, aber er nimmt mich einfach an die Hand und schiebt mich auf seinen Behandlungsschemel. Dort hält er mir erst mal einen Spiegel vor die Nase, bevor er sich mit Kosmetiktüchern bewaffnet.
„Schlechte Noten? Liebeskummer? Stress mit deinen Eltern?“, fragt er und fängt an, in meinem Gesicht herumzuwischen. Ist der Typ Hellseher oder was? Oder Kaffeesatzleser meiner zerflossenen Mascara?
Ich spüre, wie ich mich unter seinen geübten Händen entspanne, und schließe einfach die Augen. Schlimmer kann es ja gar nicht mehr werden, denke ich innerlich seufzend, und wenn, dann ziehe ich mir den Fellschal eben ganz übers Gesicht.
„Aaachtung, jetzt wird es etwas frisch“, erklärt er. Er tupft eine kühle, angenehm duftende Flüssigkeit auf meine Augen. „Wie kann man nur so übertreiben“, meint er kopfschüttelnd, während er mir mit einem feuchten Wattepad übers Gesicht fährt. „Weniger ist doch mehr.“
Ich blinzele ihn an und überlege ernsthaft, ob ich ihm von Julia und Nicolas erzählen soll.
„So gefällst du mir schon viel besser“, sagt er, nachdem er mein Gesicht mit einem warmen Tuch trocken getupft hat. „Ein biss-

chen Tagespflege ... ein bisschen mattierenden Puder ... Wimperntusche und etwas farblosen Gloss als Highlight, voilà, mehr brauchst du nicht, Kleine."

„Jetzt ist aber mal gut!" Empört setze ich mich auf und funkele ihn wütend an. Mag ja sein, dass er mit seinem Gesülze bei anderen Muttis landen kann, bei mir funktioniert das leider nicht. „Ich bin nicht Ihre *Kleine*", fauche ich. „Und für so ein bisschen Wimperntusche brauche ich keinen Schminkheini."

„Ach ja?" Der Typ guckt mich leicht pikiert an und klopft die Puderquaste an seinem Handrücken ab. „Da hatte ich eben einen ganz anderen Eindruck. Aber wenn du meinst ..." Er guckt mich eine Weile mit zusammengekniffenen Augen prüfend an. Der Typ trägt tatsächlich Make-up und Kajal, bemerke ich. Dann huscht ihm ein Grinsen übers Gesicht. „Möchtest du vielleicht, dass ich dich richtig schminke? Ein Profi-Make-up mit Lidschatten und so?"

„Das ist ja wohl das Mindeste", mischt sich Milli ein, die die ganze Zeit über kommentarlos danebengestanden hat. „Nachdem Sie ihres komplett zerstört haben."

Und so kommt es, dass ich mich wieder bequem hinsetzen muss und der Typ mich erneut mit Reinigungsmilch und Wattepads beackert. Dabei will er mir auch den Fellschal abnehmen, doch ich kann ihn gerade noch rechtzeitig daran hindern.

„Aber die Farbe des Make-ups testet man am besten am Hals", meint er fachmännisch und hat schon eine Tube in der Hand. „Die meisten Frauen nehmen eine zu dunkle Farbe, tatsächlich musst du einen Ton heller als deinen natürlichen Hautton wählen. Nur so kann die Textur mit deinem Teint zu einem harmonischen Bild verschmelzen ..."

Aus dem Augenwinkel sehe ich, wie Milli das Kotzzeichen macht. Egal, ich fühle mich schon jetzt als Beauty-Queen.

„Für ein gleichmäßiges Ergebnis muss man es von unten nach oben verstreichen“, erklärt er und wischt in meinem Gesicht drauflos. „Wange, Nase und zum Schluss die Stirn.“ Der Typ greift zu einem großen Topf und angelt nach einem Puderpinsel. „Der Puder mattiert, aber nur, wenn die Foundation richtig eingezogen ist, sonst wird es fleckig.“

„Wie bei der Tuszynski“, meint Milli. „Oder ist das Rouge?“ Sie grinst sich einen ab. Unsere Lieblingslehrerin ist immer supergestylt, aber es kommt schon mal vor, dass ihr Make-up verrutscht ist. Vielleicht sollten wir sie hier auch mal vorbeischicken. Der Typ zumindest scheint Profi und ein echter Geheimtipp zu sein, er wirbelt jetzt um mich herum, erklärt, tupft und zupft. Zwischendurch muss er immer wieder Autogramme geben, weil sich mittlerweile eine riesige Zuschauerinnenmenge um uns versammelt hat. Mittendrin erkenne ich meine gut duftende Drogeriefreundin, die bewundernd den Daumen hochhält und mir verschwörerisch zugrinst. Äh – an wen bin ich denn da bloß geraten?! Inzwischen ist er bei meinen Augen angekommen, greift zu einem Minipinsel und streicht mit verschiedenen Lidschatten auf meinen Augendeckeln herum. Zum Schluss zieht er mit einem feuchten Eyeliner eine schwungvolle Linie direkt am Augenlid.

Um deine Augen ausdrucksstark zu schminken, wählst du am besten eine Farbe, die deine Augen betont. Verwende innen helle, nach außen hin und in der Lidfalte dunkle Töne. Heller Lidschatten direkt unter der Augenbraue lässt die Augen noch offener und größer wirken. Wenn du etwas dunklen Lidschatten am unteren Augenlid verteilst, wirken deine Augen ausdrucksstärker, weil sie so dezent umrandet werden. Trage nun mit einer ruhigen Hand Eyeliner oder Kajal auf, direkt am Wimpernrand. Mit etwas Übung gelingt dir der perfekte Lidstrich. Tusche nun kräftig deine Augen mit schwarzer Mascara. Wimpernzange unbedingt vorher verwenden, sonst brechen die empfindlichen Wimpern ab.

Als ich zwanzig Minuten später in den Spiegel schaue, bleibt mir glatt die Spucke weg. Wow! Nein: superwow! Ich erkenne mich kaum wieder, ich sehe so supertoll aus, dass ich mich glatt in mich verlieben würde. Hey, das bin wirklich ich, Sina Rosenmüller oder auch: Germany's next Top Model!!! Jetzt *muss* sich Nicolas endlich für mich interessieren, ist das Erste und Einzige, was mir dazu einfällt. Schnell zupfe ich noch ein bisschen in meinen Haaren herum und lächle mein Spiegelbild kokettierend an.

So sehe ich aus:

1 4 non blondes für den Teint

2 Deep blue & Purple Rose of Kairo-Shadow für die Augen

3 Kajal Chat Noir No. 3

4 Black-Beauty-Mascara

5 Moulin Rouge für die Wangen

6 Red Hot Chilli Pepper für die Lippen

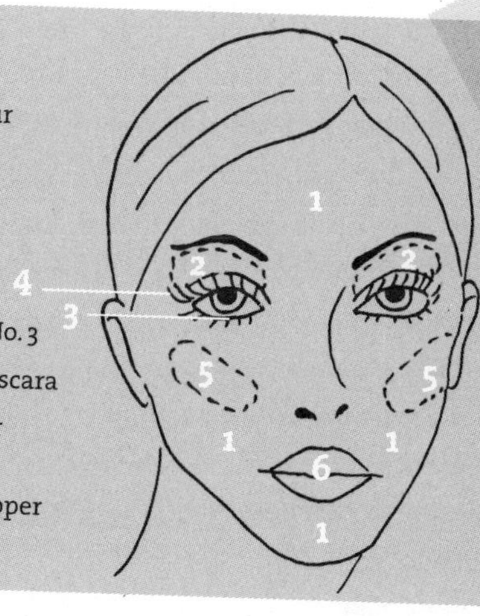

„Du siehst fan-tas-tisch aus", ruft der lockige Typ jetzt begeistert und präsentiert mich stolz den interessierten Zuschauerinnen. Er deutet mit seinen manikürten Händen auf mein Gesicht und erklärt mit welchen Farben, Foundations und Texturen er gearbeitet hat. Und jetzt kapiere ich auch endlich, wer mich hier geschminkt hat, nämlich niemand Geringeres als Alessandro Debortoli, DER Starvisagist aller Zeiten. Schluck!

Milli läuft die ganze Zeit wortlos neben mir her. Immer wieder schaut sie mich von der Seite an, sagt aber keinen Ton. Ist sie neidisch? Oder sprachlos vor Bewunderung? Die Antwort erübrigt sich, als wir vorm Eiscafé Yannis, Juri und Marco begegnen.
„Wow", entfährt es Juri. „Du siehst aber toll aus." Er lächelt mich an, als ob es das Normalste von der Welt wäre, dass ich geschminkt wie eins von Heidi Klums Supermodels vor ihm stehe. Bis vor wenigen Tagen hätte ich für solch ein Kompliment von ihm alles gegeben, aber heute ...
„Du siehst total scheiße aus", meint Yannis und guckt mich abschätzend an. „Überhaupt nicht nach Sina."
„Hab ich dich nach deiner Meinung gefragt?" Ich tue ganz cool, dabei bebe ich innerlich vor Wut. Erst verpasst er mir diesen Mega-Knutschfleck und dann lästert er auch noch über mein Styling ab. Das geht ihn doch längst nichts mehr an. So ein Idiot! Der hat doch keine Ahnung. Marco neben ihm grinst sich einen ab, während er nach Milli schielt.
In diesem Moment kommt Nicolas um die Ecke. Juri runzelt die Stirn, Marco checkt dringend sein Handy und Yannis starrt ihn feindselig an.

„Salut“, sagt Nicolas einfach und lächelt mich flüchtig an, als ob nichts wäre. Als ob ich nicht aussehen würde wie Miss Universe of the World. „Ist Julia auch schon da?“
Ich lächele zurück. „Non“, hauche ich. „Sie kommt leider etwas später.“
„Pas de problème“, meint Nicolas lässig, was ihm einen finstren Blick von Yannis einbringt. Dann geht er einfach rein, pflanzt sich an einen freien Tisch und beginnt, an seinem MP3-Player herumzupfriemeln, als ob er uns hier draußen nicht kennen würde. Hätte er mich nicht wenigstens fragen müssen, ob ich mich zu ihm setzen will? Oder noch besser: mich zu einem Vanille-Schoko-Shake einladen müssen? Das wäre doch *die* Gelegenheit! Soll etwa ich die Initiative ergreifen? Unschlüssig bleibe ich draußen stehen, während die Jungs einfach die Biege machen. Juri winkt mir noch einmal lächelnd zum Abschied zu, aber mir ist schon wieder nach Heulen zumute.

Mich interessiert nur, warum Nicolas sich so gar nicht
für mich interessiert. Obwohl ich vollprofimäßig typgerecht
geschminkt und gestylt bin und so perfekt aussehe wie noch
nie in meinem Leben.

„Und, was machen wir jetzt?“, will Milli wissen. Sie sieht nach schlechter Laune aus, das kenne ich gar nicht von ihr. Wieso ist sie eigentlich so schlecht drauf? Ist doch wohl klar, dass Nicolas nichts von ihr will. Oder ist es wegen Marco, der ihr gerade eben noch nicht mal richtig Hallo gesagt hat?
„Du willst doch nicht etwa warten, bis Julia kommt, oder? Bis dahin haben wir Eisfüße.“ Milli blickt zum Himmel, aus dem die ersten Schneeflocken tanzen.

Eisfüße nicht, denke ich innerlich seufzend, aber ein Herz aus Eis. Denn meine sämtlichen Gefühlswallungen für Nicolas sind soeben schockgefroren. Lässt der mich einfach eiskalt abblitzen und zeigt mir die kalte Schulter. Ich glaube, ich kann mich nie, nie, nie mehr wieder verlieben.

Zweites Kapitel, in dem Sinas Gefühle hoffnungslos durch die Achterbahn rauschen

Auf dem Weihnachtsmarkt der Gefühle

„Sina!"

Ich habe keine Lust. Null Bock. No drive. Sollen sie doch alleine gehen.

„Siiinaaa!"

Ja, Mann, ich hab euch ja gehört, aber ich mag nicht. Habe ich doch schon tausendmal gesagt, wieso alle Jahre wieder ...?!

„Komm endlich. Und zieh dir was Warmes an, auf dem Weihnachtsmarkt ist es immer so kalt."

Ach ja? Wir könnten es hier warm haben, die neue Samstagabendserie mit dem süßen Assistenzarzt schauen und dabei gemütlich eingekuschelt auf dem Sofa abhängen. Aber nein, Mama will unbedingt auf den Weihnachtsmarkt. Und zwar mit uns allen, weil sie gemeinsame Familienunternehmungen wichtig findet und Traditionen pflegt. Jetzt muss mir nur mal einer sagen, warum das immer ausgerechnet zu Weihnachten sein muss. Warum geht sie nicht einfach das ganze Jahr über *jeden* Samstag mit mir los, und zwar zum Shoppen?

„Sina, verdammt, brauchst du eine Extra-Einladung?“ Mama steht stinksauer in meinem Zimmer und zerrt den dicken Wollpulli aus dem Schrank. „Los, komm schon, sonst finden wir keinen Parkplatz mehr.“

Grummelnd schlüpfe ich in den Pulli und krame nach meinen Handschuhen. Alle Jahre wieder das gleiche Theater. Mein Vater panikt rum, weil er mit seinem wunderbaren Mini-Van nicht ins Parkhaus fahren kann, sondern lieber einen größeren Parkplatz in Fußnähe sucht. Was natürlich minutenlanges Wir-reisen-nach-Jerusalem-Spielen bedeutet – und selbst die glänzende Lamettalaune meiner Mutter trübt.

„Und zieh deine dicken Winterboots an.“

Natürlich. Meint sie, ich hätte Lust auf Eisfüße? Außerdem sind die Dinger mein ganzer Stolz: Sie sind nicht nur superwarm, sondern auch superhip. Selbst Jolina hat mich drum beneidet und das will was heißen. Aber eigentlich bin ich auf Jolina neidisch, weil sie nämlich seit letzter Woche mit Sebastian geht. „Das hat sich beim Eislaufen so ergeben“, hat sie erzählt und dabei über ihr geschminktes Gesicht gestrahlt. Jetzt hängen sie in jeder Pause knutschend rum und wärmen sich gegenseitig die Lippen. Nein, auf Sebastian bin ich nicht neidisch, aber ich hätte nichts dagegen, wenn Nicolas meine Hände wärmen würde, doch der schmachtet nach wie vor nur Julia an. Alles, was ich habe, sind echte Pickel im Gesicht, so richtige Prachtstücke in Rot und mit Eiter.

Mama meint, ich solle mich nicht so anstellen, in zwei Jahren, wenn der ganze Hormonkram und die Pubertät vorbei sind, wäre mein Gesicht wieder ganz rein und glatt. Zwei Jahre!

24 Monate! 104 Wochen! 730 Tage! Hat die eine Vorstellung davon, was es heißt, 24 Stunden am Tag mit so einem Monsterface durch die Gegend zu laufen? Da hilft auch Anti-Pickel-Creme nicht, und zwar keine. Ich habe sie alle getestet, sehr gewissenhaft und gründlich, doch alle meine Pickel sind immer noch da.

Aber dieser Pickel auf der Stirn ist seit heute Morgen neu. Ob ich meine Tage bekomme? Schnell schiebe ich meine Wollmütze noch tiefer ins Gesicht, sodass nur noch ein paar Haare darunter hervorblitzen. Dann stelle ich mich vor den Spiegel. Probehalber ziehe ich meine Nase kraus (wäre ich von Natur aus zarter gebaut, stünde hier jetzt: Näschen) und hauche mir ein Küsschen zu. In Tante Irenes Flirtratgeber steht nämlich, dass man bei jeder sich bietenden Gelegenheit mit sich selbst flirten soll, um sein Selbstbewusstsein zu stärken. Ob es funktioniert, weiß ich nicht, bin noch in der Testphase.

Kenne deine **Schokoladenseiten!** Wenn du weißt, was du toll kannst, macht dich das stolz und selbstbewusst. Und wann immer du an einem Spiegel oder Schaufenster vorbeigehst: Strahle dich an! Du bist toll, so wie du bist.

So findest du deine Schokoladenseiten heraus:
Ich-Gefühl: Dein Name ist dein Programm. Ordne jedem Buchstaben spontan eine positive Eigenschaft zu.

Super Intelligent Natürlich Anspruchsvoll

Think positiv: Streiche alle Negativsätze wie „Alles shit!", „Das schaffe ich nicht!", „Immer ich!" aus deinem Vokabular. Versuche, positiv zu denken, dann strahlst du von selbst Lebensfreude und Optimismus aus.

Ich-bin-toll-Zettel: Schreibe zehn Dinge auf, die du toll an dir findest, oder bitte deine Freundin, dies zu tun. Wann immer du dich mies fühlst, liest du dir deinen Zettelkasten oder deine Post-it-Sammlung durch. Funktioniert, jede Wette!

„Los, Sina, eingestiegen", ruft Papa ungeduldig aus dem Auto, als ich endlich in der Haustür erscheine. Sein Atem hinterlässt weiße Kringel in der Luft, so kalt ist es heute. Und ich soll gleich stundenlang über den Weihnachtsmarkt laufen! Oh no!
„Igittibäh. Sina stinkt nach tausend Litern Parfum!", schreit mein kleiner Bruder, als ich die Wagentür aufmache. „Die will ich nicht neben mir sitzen haben."
„Selber Stinker!", zische ich und lasse mich auf den Rücksitz fallen. Dass ich aus Versehen meinen Finger zu lange auf dem Sprühknopf gelassen habe, rieche ich selber. Ein bisschen mit Absicht, wenn ich ehrlich bin, denn diesen Bratwurstmief auf dem Weihnachtsmarkt hält man sonst nicht aus. Ich kann nur hoffen, dass der intensive Geruch mich pudrig-blumig-geheimnisvoll einhüllt und mir eine besondere Aura verleiht. Am liebsten die der Unnahbaren, die man für den Rest des Tages besser in Ruhe lässt, statt von ihr Jubelausbrüche angesichts handgeschnitzter Krippenfiguren zu erwarten.
Aber falsch geträumt. Mein Bruder Leon, niemals wirklich nachtragend, sitzt neben mir im Auto und quasselt mich schon wieder voll. Erzählt mir von dem tollen Karussell, mit dem er

gleich unbedingt fahren will, vom Ponyreiten und dass bestimmt der Nikolaus kommt und ihm ein Geschenk bringt. Dafür hat er extra ein Gedicht auswendig gelernt, der dumme Kerl. Leon ist erst sechs und weiß noch nicht, dass der Nikolaus ihm auch ohne Gedichtaufsagen ein Geschenk zustecken würde. Allein schon aus dem Grund, weil Mama es für diese Aktion extra besorgt, mit seinem Namen versehen und abgegeben hat. Irgendwann wird Leon schon schnallen, dass der Nikolaus dieselbe Handschrift hat wie unsere Mutter. Und dann wird auch er nicht mehr so gerne zum Weihnachtsmarkt fahren ... Bis dahin bin ich längst achtzehn, voll geschäftsfähig und gehe gar nicht mehr auf Weihnachtsmärkte.

So wie mein großer Bruder Paul, der bei seinem Vater in einer Musiker-WG lebt. „Das ist Weiberkram", hat er gesagt und lässig mit seinen beringten Fingern abgewunken. Weil er zurzeit nur in schwarzem Leder mit gefährlichen Nieten dran anzutreffen ist, hat Mama auch keine weitere Diskussion mit ihm gewagt. Sie ist zwar unsäglich stolz auf ihre Kinder, aber neben ihrem Punkrocker-Sohn über den Weihnachtsmarkt zu schlendern, trifft so gar nicht ihr romantisches Gefühl, Tradition hin oder her.

„Willst du auch ein Plätzchen, Sina?", flüstert Leon mir jetzt heimlich zu und raschelt leise mit der Tüte. Typisch, der kann es keine Stunde ohne Futter aushalten.

„Nee, danke, ich habe keinen Hunger", antworte ich ebenso leise. Dass Zucker und Weißmehl die Pickelproduktion verdreifachen, muss er wohl erst am eigenen Gesicht erfahren.

„Die sind aber lecker", nuschelt er mit vollen Backen und prustet dabei Puderzucker über die Autositze. „Die habe ich gestern mit Mama gebacken."

Oh ja, das hat er! Und Mama hat tausendmal gefragt, ob ich nicht auch Tannenbäume ausstechen möchte. Sie hätte da so ein tolles Rezept, „ganz leicht, nur mit Joghurt, Honig und grünem Tee für den Guss". Nein danke! Für Brigitte-Diät bin ich noch zu jung. Und grüne Plätzchen will ich auch nicht essen. Leon hatte eifrig geholfen, die Zutaten abzuwiegen und den Teig zu kneten. „Als du so alt warst wie Leon, hast du immer die Streusel auf den Plätzchen verteilen wollen und alles vorbeigeschüttet", hat Mama gesagt und ganz rote Augen dabei bekommen. Oh man, dass sie einen immer daran erinnern müssen, dass man auch mal so ein kleiner Hosenscheißer war ... Ich habe so getan, als müsse ich noch irre viele Hausaufgaben erledigen, „ein Referat über Weihnachtstraditionen, weißt du", und habe mich für den restlichen Nachmittag in meinem Zimmer unter dem Sennheiser verkrochen. Soll sie doch mit Leon ihren Backwahn ausleben und sämtliche Sorten aus dem weihnachtlichen Extra-Rezeptheft ausprobieren. *Ich* werde garantiert kein einziges Plätzchen essen. Erstens wegen meiner Pickel und zweitens, weil mir dieses ganze Weihnachtstrara unsäglich auf den Wecker geht. Und zwar alle Jahre wieder. Ich meine, unser Reihenhäuschen ist dank Mamas Ikea-Abo wirklich hübsch und geschmackvoll eingerichtet. Aber pünktlich zum 1. Dezember bekommt sie ihren Traditionsrappel und stellt die Bude voll mit Dingen, die die Welt nicht braucht: Wir trinken plötzlich nur noch Tee aus Weihnachtstassen mit Elchmotiv, waschen unsere Hände mit Schneemannseife und können nichts mehr auf den Esstisch legen, weil dieser überquillt vor Kerzen, Kugeln und wackelnden Blechengeln. Überall hängen Tannenzweig-Glöckchen-Gebinde und über der Eingangstür baumelt ein großer Mistelstrauch mit roter Schleife. Mama nutzt die Gelegenheit und schmatzt jeden ab, der zu Besuch kommt, auch Yannis' Vater neulich.

Vielleicht sollte ich Nicolas mal unter einem Vorwand zu mir bitten und ihn dann unter dem Mistelstrauch küssen, damit aus uns endlich ein Liebespaar wird.

Am schlimmsten aber sind diese Streudeko-Sterne, die überall und nirgends rumfliegen und die mich immer noch unter den Füßen pieksen, wenn ich im Sommer schon längst wieder barfuß durch die Wohnung laufe.
Mittlerweile haben wir die fünfte Runde um den Marktplatz gedreht und Papa hat immer noch keine passende Lücke für sein Auto gefunden. Sein alter Golf war nur einen halben Meter kürzer, aber nicht so geräumig und praktisch, wie er bei jeder Autodiskussion laut vermerkt. Dafür findet er jetzt nie einen Parkplatz, weil er zum Rangieren mehr Raum braucht als ein Jumbojet. Ich weiß nicht, was er alles in diesen riesigen Kofferraum tun will, Leon sitzt längst nicht mehr im Kinderwagen und Papa spielt weder Kontrabass, noch ist er ein großartiger Do-it-yourself-Handwerker, der ständig irgendwelche Bretter verladen müsste. Da – geparkt, endlich! Die ganze Familie steigt aus und Papa vergewissert sich etwa tausendmal, ob der elektronische Autoschlüssel die Türen auch richtig verschlossen hat. Mama hängt sich ihre Handtasche quer über die Schultern, nicht weil es gerade angesagt ist, sondern weil sie Angst hat, dass ihr von irgendeinem gemeinen Dieb die Freude am friedlichen Feste der Liebe verdorben wird.

Wir sind auf dem Weihnachtsmarkt! Mir wird es ewig ein Rätsel bleiben, warum Menschen sich das antun. Statt zu Hause faul vor der Glotze oder meinetwegen mit einem guten Buch abzuhängen, laufen sie dicht gedrängt Slalom durch enge Gassen, vorbei an lieblos zusammengenagelten Bretterbuden, ständig berempelt und beschubst, und kommen mit viel Glück ohne eine Ladung Glühwein oder Senf auf dem Ärmel davon. Und dann dieser Bratwurstduft, der über dem ganzen Platz hängt! Ich atme tief in meinen Wollpulli ein.
Mama ist gleich vor dem ersten Stand stehen geblieben und hält mir zwei Pflaumenmännchen entgegen, Männlein mit Stöcklein und Weiblein mit rot kariertem Kopftuch, total runzlig-schrumplig das Ganze und für fünf Euro zu haben.
„Schau mal, sind die nicht süß?" Sie ist völlig aus dem Häuschen. „Weiß du noch, Matthias, zwei solcher Figürchen hast du mir damals bei unserem ersten Weihnachtsmarktbesuch geschenkt und gesagt ..." Mama wird plötzlich rot und kichert los. Mein Vater räuspert sich zwanzig Frösche aus dem Hals und sagt lieber gar nichts. Manchmal ist er wirklich ein kluger Mann.
Beim nächsten Stand ist es Leon, der eine Haben-will-Attacke bekommt. Holztiere, Holzautos, Holzspielzeug, wo man hinguckt. Alles ganz *nature pure* und ohne Chemie, wie der Typ hinter dem Tresen erläutert. Klar, so einer wie der ist gegen Tierversuche jedweder Art. Aber warum muss er dann gleich jedwedes Waschen verweigern? Dass nicht jeder Mann auf stundenlange Schönheitssessions steht, sehe ich ja ein. Aber ein bisschen Körperbewusstsein samt dazugehörigem Pflegeprogramm hat noch keinem männlichen Wesen geschadet.

Flirten geht übrigens durch die Nase. Sie merkt sofort, ob du jemanden gut „riechen“ kannst oder nicht, lange bevor du überhaupt geschnallt hast, ob du den Typ süß findest oder nicht. Das hat nicht unbedingt etwas mit Körperkult und Reinlichkeit zu tun, sondern mit dem charakteristischen Individualgeruch, den du (oder dein Gegenüber) unmerklich verströmst. Also achte beim Styling darauf, dass du bei aller Pflegerei und Einsprüherei immer noch nach dir riechst, dann hast du die besten Chancen. Nach dem Motto: Wer mich nicht riechen kann, ist selber schuld!

„Mama, den Holzsäbel brauche ich. Un-be-dingt!“, sagt Leon jetzt und hängt sich meiner Mutter bettelnd an den Arm. „Bitte. Für die nächste Piratenparty bei Max.“ Mama wechselt einen raschen Blick mit meinem Vater und zückt mit einem Schulterzucken ihr Portemonnaie. Kompliment, Leon, guter Trick, den werde ich mir merken. Wenn ich das neue Glitzer-Gloss haben will, werde ich auch von Jolinas nächster Party anfangen. Wetten, dass Mama dann nicht so spendabel ist?
Leon nimmt glückstrahlend den Holzsäbel entgegen. „Aber ganz vorsichtig damit umgehen, hörst du?“, ermahnt ihn Mama. Zu spät. Leon hat bereits dem Graumantelträger vor ihm eine reingesäbelt. Nur zum Spiel natürlich, aber der Herr dreht sich trotzdem ärgerlich zu uns um und mein Vater haspelt schnell eine Entschuldigung.
Mühsam schieben wir uns weiter durch die Gänge. Immer wieder und wieder bleibt Mama stehen und stößt Begeisterungsrufe aus. Mal sind es Duftkerzen aus der Provence und handgetöpferte Aromaschalen, mal sind es gestrickte Christbaumkugeln mit Perlen drauf und mit Glitzerkleber verzierte Stroh-

sterne. Hört das denn nie auf? Nachdem wir circa dreißig Gänge rauf- und runtergedrängelt-geschlendert sind, trägt Leon ein I-♥-Weihnachtsmarkt-Lebkuchenherz um den Hals und einen Schneemannluftballon am Handgelenk. Das „tolle!" Lego-Auto-Geschenk vom Nikolaus ist sicherheitshalber sofort in Mamas Handtasche gewandert. Da ich mich so hartnäckig wie standhaft geweigert habe, eine blinkende Nikolausmütze zu tragen, bin ich leer ausgegangen.

„Jetzt haben wir uns einen Glühwein verdient", ruft Papa und steuert den nächstgelegenen Stand an. Scheinbar geht ihm das Weihnachtsmarktgedrängel allmählich auch auf die Nerven. Aber wie immer ist seine gute Laune unerschütterlich und so spendiert er Leon und mir zwei große Tassen Kinderpunsch. Grässlich! Wer kam bloß auf die Idee, dieses lauwarme aromatisierte Gesöff *Kinderpunsch* zu nennen? Mal ganz abgesehen davon, dass ich ja schon lange kein Kind mehr bin. Leon ist natürlich hellauf begeistert, dass er auch so was darf wie die Großen. Ganz aus Versehen kippe ich meinen Becher um. Blöderweise knallt er dabei auf den Boden und zerspringt in tausend Einzelteile.

„Kannst du nicht aufpassen", meckert Mama los und bückt sich, um die Scherben zusammenzusammeln. „Jetzt kriegen wir kein Pfand mehr zurück."

Es soll ja tatsächlich Leute geben, die diese Weihnachtsmarktbecher sammeln. Meine Tante Irene zum Beispiel ist so eine. Von jedem Weihnachtsmarktbesuch bringt sie sich ihren Glühweinbecher mit, als Andenken oder so. Sie besitzt Hunderte braun-blauer Becher, auf denen geschnörkelt

Weihnachtsmarkt steht und die jeweilige Jahreszahl natürlich, ein paar Sterne oder Häuser, fertig. Wenn man bedenkt, dass jeder dieser Becher zwei Euro Pfand wert ist, könnte man Tante Irene fast als reiche Frau bezeichnen.

„Macht nichts." Mein Vater winkt lässig ab und nimmt einen tiefen Schluck von seinem Glühwein. Da dieser aber im Gegensatz zu unserem Kinderpunsch kochend heiß zu sein scheint, spuckt er ihn sofort wieder aus, und zwar meiner Mutter direkt auf den Mantel. Ich nutze die folgenden Streit-wisch-Minuten und nippe heimlich ein bisschen an Mamas Glühwein. Schmeckt nach süßem Sauerbraten, bäh. Deswegen muss ich also auch nicht auf den Weihnachtsmarkt gehen.
„Jetzt habe ich aber Hunger, ihr auch?", fragt meine Mutter ein paar Schlucke später und wieder ganz fröhlich gestimmt in die Runde. Sie hat vom Glühweintrinken ganz rote Wangen bekommen. Oder ist es die Kälte? „An der Ecke dort drüben steht das *Bratwursthäusl,* da gibt es die besten Pommes der Stadt. Darauf habt ihr doch bestimmt Lust, oder?"
Klar haben wir das. Die paar Pommes werden meine Pickel ausnahmsweise mal verkraften, will ja kein Spielverderber sein.
Mein Bruder nervt, weil er vorher noch unbedingt Karussell

fahren will. Ist er nicht eigentlich schon zu alt dafür? Glückstrahlend steigt er in ein Feuerwehrauto, während mein Trommelfell mit plärrenden Weihnachtsschlagern aus den Lautsprechern vollgedröhnt wird. Papa spendiert uns zum Fingerwärmen ein paar heiße Maroni, und wie ich da so stehe, Maroni pulend, mit Schneemannluftballon und Lebkuchenherz behängt, weil mein Bruder ja seine Karussellrunden dreht, da sehe ich Nicolas. Nicolas, den süßesten Jungen aller Zeiten, in den ich leider, leider nicht mehr verliebt bin (seufz!). Mist, hoffentlich sieht er mich jetzt nicht mit diesem albernen Weihnachtskitschkram. Rasch drehe ich mich weg, aber zu spät.
„Salut Sina“, ruft er zu mir rüber und grinst sich einen ab. „Tu aimes le Weihnachtsmarkt?“ Er deutet auf das Lebkuchenherz. Blödmann! Sonst redet er nicht mit mir und jetzt reißt er so blöde Sprüche!

Je t'aime toi, denke ich trotzig, NON PLUS.

Aus den Augenwinkeln sehe ich dann auch gleich, warum er so cool drauf ist. Er ist mit Julia, Jolina, Sebastian und noch ein paar anderen aus unserer Klasse unterwegs. Hallo, habe ich da was nicht mitbekommen? Seit wann sind Weihnachtsmarktbesuche angesagte Cliquen-Aktionen? Ich tue so, als hätte ich nichts gehört, und kaue wütend auf meiner Maroni herum. Prompt verschlucke ich mich und bekomme von dem mehlig-trockenen Fruchtfleisch einen grässlichen Hustenanfall, dass mir die Tränen in die Augen schießen. Oder ist es wegen Nicolas?
Dann ist Leon endlich fertig mit Karussellfahren und wir gehen Pommes essen. Auf dem Weg quer durch die Menge schielt

Papa unauffällig zu dem Kartoffelpufferstand, wahrscheinlich hätte er lieber ein paar ölige Fladen statt knuspriger Stäbchen. Plötzlich lässt meine Mutter einen grellen Schrei los und ich denke, jetzt ist ihre Handtasche geklaut oder mindestens Leon verloren. Aber nein, sie steht hoch entzückt vor einem Set kleiner bemalter Blechanhänger, dessen Preis in etwa meinem Jahreseinkommen an Taschengeld entspricht.

„Das ist Zinn, handbemalt, von beiden Seiten ..." Mama ist völlig aus dem Häuschen und guckt meinen Vater erwartungsvoll an. Der zieht resigniert die Schultern hoch und deutet auf einen Stand gegenüber. „Ich hole mir mal einen Satz Kartoffelpuffer" und weg ist er, der kluge Mann.

Nachdem meine Mutter schweren Herzens auf ihre niedlichen Zinnanhänger verzichtet hat („man muss ja nicht alles haben"), drückt sie mir zehn Euro in die Hand und schickt mich los, Pommes zu kaufen. Eigentlich ist mir der Appetit auf Pommes inzwischen vergangen, aber ich stelle mich trotzdem an.

„Zweimal Pommes rot-weiß", bestelle ich und lege den Zehner auf den Tresen. Und dann blicke ich in die dunkelsten Augen seit Einstein, ich meine, sie sind noch dunkler als die von Nicolas und die waren ja schon dunkler als die von Yannis. Sie gehören zu einem blond gelockten Typen, der mir jetzt freundlich lächelnd das Restgeld hinzählt und die Pommesschalen rüberreicht.

Boing-Crash-Woosh! Irgendwas hat mich getroffen, mitten ins Herz, in den Bauch, ich fühle mich plötzlich ganz zittrig und weiß nicht mehr, was ich tue.

„D-d-danke", stottere ich, stopfe das Geld in meine Hosentasche und stolpere mit den Pommes zu meinen Eltern zurück, die inzwischen einen dieser lacktischtuchbezogenen Stehtische belagern. Wie ferngesteuert stelle ich die Schalen ab und beginne, meine Pommes zu essen. Ich kann gar nicht anders, ich muss ständig rübergucken in dieses *Bratwursthäusl* mit dem süßen Typ drin, der jetzt gerade an der Fritteuse werkelt, mit einem gekonnten Schwung die öltriefenden Pommes in ein großes Sieb schüttet und tonnenweise Salz drüberkippt.

„Hey, Sina, deine Pommes werden kalt", reißt mich meine Mutter aus meinen Gedanken. „Iss mal auf, wir wollen nach Hause."

Gedankenverloren betrachte ich den angelutschten Pommes in meiner Hand, auf den ich wohl während der letzten fünf Minuten rumgekaut haben muss. Ich will gar nicht nach Hause, denke ich und beginne, langsam und bedächtig jeden Pommes einzeln aufzuessen. Immer wieder spähe ich rüber zu ihm, wie er sich jetzt eine blonde Strähne aus der Stirn pustet und mit der linken Hand sein Pappkäppi zurechtrückt.

„Ich habe aber noch Durst", sage ich und stiefle wie aufgezogen los, um mich noch mal anzustellen.

Der süße Typ reicht mir den Becher rüber. „Bist wohl öfter hier, was?", fragt er, während er die Kassenschublade schließt, und deutet grinsend auf Leons Lebkuchenherz, das ich immer noch um meinen Hals hängen habe. *I ♥ Weihnachtsmarkt*. Oh Peinlichkeit! Weil mir keine passende Antwort einfällt (wie auch?), trinke ich erst mal einen Schluck. Dann sage ich, einer Eingebung folgend: „Ja, wegen der leckeren Pommes, die es hier gibt." Was glatt gelogen ist, hört sich aber gut an. Und in meinem Flirtratgeber steht ja auch, man soll Komplimente machen.

Komplimente hinterlassen bei jedem ein angenehmes Gefühl und es gibt keinen Grund, warum du verschweigen solltest, was du an deinem Gegenüber toll findest: Sein Lachen, seine Skateboardtricks ... wenn du es so fühlst, sprich es ruhig aus, du findest schon die richtigen Worte dafür. Wenn er dir andersherum ein Kompliment macht, darfst du allerdings nicht rot werden, oder, noch schlimmer, es mit einer Verlegenheitsgeste abwehren. Nimm es mit positiven Gefühlen an („Danke schön!"), sei stolz, dass jemand deine Schokoseite erkennt („Ich finde auch, dass mir das gut steht!"). Mit einem Lächeln kannst du endlos viele Komplimente annehmen ...

„Das sind auch die besten der Stadt", antwortet er stolz. Und dann erzählt er, so als ob wir uns schon ewig kennen würden, dass das *Bratwursthäusl* seinem Lieblingsonkel gehört und er jetzt am Wochenende immer aushilft, um sich endlich eine eigene E-Gitarre kaufen zu können. Beeindruckt schaue ich ihn an. Keiner der Jungs aus unserer Klasse würde auf die Idee kommen, jobben zu gehen, nur wegen einer Gitarre.
„Und was machst du sonst so?", rutscht es mir einfach so heraus. In diesem Flirtratgeber steht zwar, man solle mit öffnenden, also W-Fragen, das Gespräch am Laufen halten, aber diese Direktheit ist sonst so gar nicht meine Art.
Aber ihn scheint das nicht zu stören, und während er einen Kunden nach dem nächsten mit Pommes, Getränken und Bratwurst versorgt, erzählt er, dass er die zehnte Klasse der Käthe-Kollwitz-Schule besucht, außerdem in der Fußballjugendmannschaft spielt und jetzt im Winter immer auf dem See im Wald Schlittschuh läuft.

W-Fragen sind alle Fragen, die mit Wer, Wie, Was, Wieso, Weshalb, Warum ... beginnen. Oder anders: Auf diese Fragen gibt es kein Ja oder Nein, sondern eine richtige Antwort und in deren Folge ein richtiges Gespräch. Wenn du jemanden noch nicht so gut kennst, ist das eine gute Möglichkeit, ins Gespräch zu kommen und mehr über dein Gegenüber zu erfahren. Unverfängliche Themen sind Schule, Hobbys, Sport, Musik oder Filme.

„Die beste Maßnahme, um den Frittengeruch rauszupusten“, sagt er und lächelt dabei, als ob ihm sein Job doch ein bisschen peinlich wäre. Dabei schaut er mich mit seinen dunklen Augen an. Lauter kleine schwarze Kugeln knallen in mein Herz.
„Wie heißt du eigentlich?“, fragt er.
„Sina!“, dröhnt es von ferne in meinem Ohr. Okay, die Antwort hat sich erledigt. Ich habe keine Lust. Null Bock. No drive. Sollen sie doch alleine gehen.
„Siiinaaa!“
Ja, Mann, das hatten wir heute schon mal. Ich hab euch ja gehört, aber ich mag hier noch nicht weg.
„Komm jetzt endlich!“ Mein Vater steht neben mir und zerrt mich am Ärmel. „Leon geht es nicht gut, wir müssen nach Hause.“
„Ja, gleich“, sage ich und schaue den Typen an. „Und wie heißt du?“, frage ich mutig.
„Carlos“, antwortet er. Und dann beugt er sich doch tatsächlich über den Tresen und flüstert, so leise, dass nur ich es hören kann: „Morgen Abend, Schlittschuhlaufen auf dem Waldsee. Kommst du?“
Ich nicke unmerklich und dann gehe ich mit meinen Eltern und Leon nach Hause. Genauer gesagt, suchen wir erst mal

stundenlang unseren Mini-Van, wobei wir immer wieder stehen bleiben, weil sich Leon ständig übergeben muss. Waren wohl doch ein paar Pommes zu viel nach dem Liebesapfel und der Kokoswaffel.

Als wir endlich im Auto sind, kuschle ich mich in meinen Sitz und lehne meinen Kopf ans Fenster. Draußen rauschen die Lichter vorbei, die Stadt glitzert wie ein Weihnachtsbaum. Carlos, glitzert es durch meinen Kopf, Carlos, Carlos, Carlos. Und ich schließe die Augen und träume von dunklen Augen und blondem Wuschelhaar ...

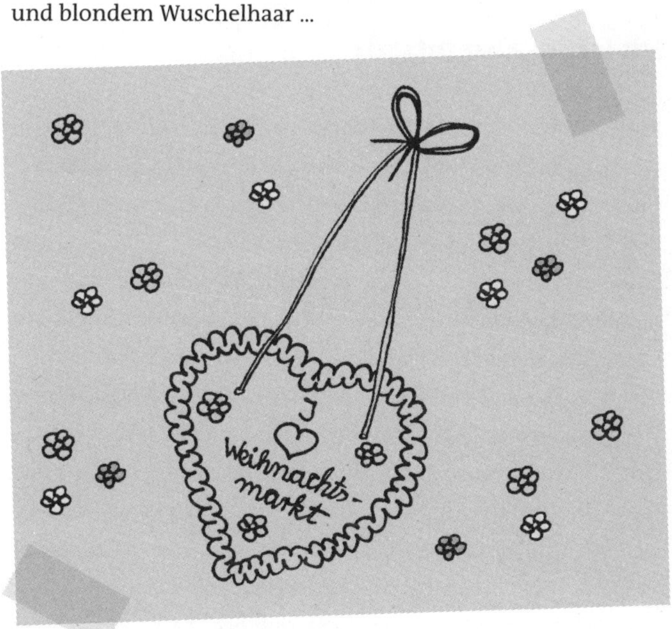

Ich leide, also bin ich

Natürlich haben mir meine Eltern verboten, „mutterseelenalleine“ in den Wald zum Schlittschuhlaufen zu gehen. Warum muss Mama gleich hinter jedem Typ einen Triebtäter vermuten?! Ich habe gebittelt und gebettelt, gelogen, dass Milli ja mitkäme, und überhaupt, aber kein Pardon. Warum bin ich auch so blöd und erzähle ihnen alles?! Wäre ich einfach gegangen, sie hätten nichts gemerkt und ich wäre mit Carlos auf dem Eis Hand in Hand Schlittschuh gefahren ... Carlos. Ob ich ihn jemals wiedersehe? Ich konnte nächtelang nicht schlafen, habe mir die Augen ausgeheult und vor Liebeskummer drei Tage lang nichts gegessen; Mama dachte schon, ich hätte wie Leon eine Magen-Darm-Grippe, und hat mir Tante Irenes Ingwer-Tee verpasst. Als ich am nächsten Wochenende dann alleine auf den Weihnachtsmarkt gegangen bin, war er nicht im Bratwursthäusl. Obwohl ich gewartet habe, bis ich trotz Winterboots kalte Füße und vom ganzen Pommesessen mindestens zehn Pickel mehr hatte.

Bei Liebeskummer können viele vor lauter Traurigkeit nichts essen, andere stopfen alles in sich hinein, was ihnen in die Quere kommt. Aber das macht das blöde Gefühl im Bauch nicht besser, im Gegenteil. Sei gut zu deinem Körper, gerade in schwierigen Zeiten, denn es nützt nichts, wenn zum Herzschmerz auch noch ein Körperstreik kommt. Für Notfälle tut dieser Smoothie Leib & Seele gut: Püriere ein Glas Milch mit einer Banane, einem Esslöffel Honig und zwei Esslöffeln Haferflocken – voilà!

„Liebe geht durch den Magen", hat Milli gelästert, als ich ihr unter Tränen von meinem Liebesdilemma berichtet habe. „Jetzt hast du schon zwei, wegen denen du dich verrückt machst." Aber sie hat mich trotzdem in den Arm genommen und ganz lieb getröstet.

Deine beste Freundin ist bei Liebeskummer die beste Medizin! Es tut gut, sich den Kummer von der Seele zu quatschen, und sie hört dir bestimmt geduldig zu und tröstet dich. Danach fühlst du dich um Klassen besser, garantiert. Wichtig ist nur, dass du über all deinem Kummer nicht vergisst, nach vorne zu schauen, und auch mal über andere Dinge redest als über IHN. Und dass deine Freundin ebenfalls bei dir ihr Herz ausschütten kann, wenn sie Sorgen hat.

Die hat gut reden! Sie ist ebenfalls immer noch in Nicolas verknallt, aber scheinbar macht es ihr überhaupt nichts aus, dass er nur allein Julia hinterherschielt. Ich glaube, das liegt daran, dass Marco sie extrem anschmachtet und sie auch nicht ganz abgeneigt ist, mit ihm Händchen zu halten. Seit Jolina in aller Öffentlichkeit mit Sebastian knutscht, sind alle ganz kussverrückt geworden. Ganz stolz hat Jolina berichtet, dass sie ihm das Küssen beibringt, weil er mit zu viel Spucke küssen und den Mund nicht richtig dabei öffnen würde.

BÄH! Dann doch lieber gar nicht küssen, als in Jolinas Kussschule zu gehen, oder?

Juri guckt mich immer öfter ganz süß an und ich gucke zurück, aber dann reißt er wieder so einen dämlichen Spruch und meine sämtlichen Kussgefühle für ihn sind dahin. Nee, ich und Juri, das ist irgendwie nichts.
Das mit Carlos ist etwas ganz anderes, das geht viel tiefer. So etwas habe ich noch nie gefühlt, nicht bei Nicolas und erst recht nicht bei Yannis.
Warum hat Yannis mir damals bloß diesen blöden Knutschfleck verpasst und keinen richtigen Kuss? Wollte er mir etwa damit zeigen, dass er in mich verliebt ist, wie Marco neulich behauptet hat? Aber Yannis und ich sind doch nur Freunde, richtig gute Kumpels, wie man es besser nicht sein kann.

Eine Beziehung ohne Verliebtheit und ohne Küssen und Sex zwischen einem Mann und einer Frau – oder einem Jungen und einem Mädchen – nennt man eine „platonische Freundschaft“. Manchmal hat so eine Kumpelfreundschaft ihre Grenzen, weil sich wenigstens einer von beiden Partnern schon mal heimlich überlegt hat, wie es wäre, den anderen zu küssen. Als weitläufige Behauptung steht im Raum, dass Frauen und Männer nicht richtig miteinander befreundet sein können, weil ihnen immer der Sex bzw. die Liebe dazwischenfunkt. Viele Mädchen und Frauen schwören auf die „reine" Freundschaft zu ihrem „besten" Kumpel und lassen darauf nichts kommen.

Wie finde ich bloß heraus, wen ich mehr liebe? Kann ich zwei Jungen gleichzeitig lieben? Eigentlich habe ich ja vier auf der Liste:

Nicolas

Aussehen:	Modellike, einfach umwerfend
Charakter:	Eingebildet, ichbezogen, arrogant (muss ich ja leider zugeben)
Mein Gefühl:	♥ ♥ ♥ ♥ Aber er liebt Julia! ☹ ☹ ☹ ☹

Carlos

Aussehen:	Fröhlich, blonde Locken und SCHWARZE!!! Augen
Charakter:	Locker, offen, gut drauf (kenne ich ja nur fünf Minuten lang)
Mein Gefühl:	♥ ♥ ♥ ♥ ♥ ♥ ♥ ♥ Hoffnungslos! ☹ ☹ ☹ ☹

Yannis
Aussehen: Supersüß, liebe Augen, dunkle Haare und unzählige Sommersprossen
Charakter: Zuverlässig, pünktlich, höflich und hilfsbereit, immer für mich da
Mein Gefühl: ♥?♥?
Nee, lieben tue ich den nicht. Aber seine Freundschaft geht mir über alles.

Juri
Aussehen: Knubbelnase, Spargeltarzan (oje, hatte ich da eine Geschmacksverwirrung?)
Charakter: Umwerfend komisch und immer gut drauf
Mein Gefühl: ♥
Mag ja ganz nett sein, aber er wäre ein Lückenbüßer und das tue ich ihm nicht an. ☹

Aber ist das die richtige Reihenfolge? Kommt Juri vielleicht nicht doch vor Yannis? Und ist Carlos nicht viel süßer als Nicolas, der eigentlich nur arrogant daherschwätzt und sich allein für die blöde Kuh von Julia interessiert? Seufz-jammer-rauf-die-Haare!

Es ist nicht immer leicht zu sagen, wer zu wem passt. Je ähnlicher die Interessen und das soziale Umfeld sind, desto höher stehen die Chancen („Gleich und Gleich gesellt sich gern"). Andererseits gibt es ja auch das Sprichwort „Gegensätze ziehen sich an" und manchmal funktioniert eine Beziehung genau deswegen so gut, weil sich zwei

Partner ergänzen oder ausgleichen (z. B. die Hibbelige und ihr ruhender Pol). Liebe ist ein besonderes Gefühl zwischen zwei Menschen – innig, tief, rätselhaft und unergründlich –, das sich nicht auf Formeln reduzieren lässt. Lass deine Gefühle einfach zu, lebe sie, genieße sie, irgendwann ist zur richtigen Zeit der Richtige am richtigen Ort.

Wie ein Nussknacker hat mich die Weihnachtszeit mittlerweile voll in der Zange und ich hechte von einem X-mas-Event zum nächsten. Von wegen beschaulich! Nikolausfeier im Basketballverein, Adventstee bei Onkel Ösi und Tante Irene, Weihnachtsbasteln mit Mama (grrr!), Fackelwanderung mit den Pferden, das volle Programm eben. Leons Bambini-Kicker geben eine Sondervorstellung, beim Weihnachtsmusical in der Schule muss ich Karten knipsen und am ersten Feiertag gibt es wie alle Jahre wieder das große Weihnachtsgansessen bei Oma Doris, zu dem sämtliche Familienmitglieder aus allen Ecken der Republik angereist kommen: Meine Lieblingstante Irene mit ihrem wunderbaren Mann Onkel Ösi, mein selten gesehener Onkel Thomas aus Norddeutschland mit seiner Frau Monika und Strebersohn Thaddäus, der wirklich so aussieht, wie er heißt. Einziger Lichtblick: Nicolas hat mir am letzten Schultag einen richtigen Kuss auf die Wange gehaucht und mir mit seiner samtigen Stimme „Bon Noël" gewünscht. Sein Pfefferminz-Atem (er kaut dauernd diese französischen Dragees) hat mich leicht am Haaransatz gekitzelt, noch immer rieseln kleine Schauer durch meine Magengrube, wenn ich daran nur denke. Dass er Kleo, Julia und Milli ebenfalls abgeküsst hat, stört mich nicht die Bohne, denn nur bei mir hat er auch seine Hände auf die Schultern gelegt – was Julia mit stinksaurer

Miene registriert hat. Pah! Innerlich habe ich gejubelt wie eine Heerschar Lamettaengel, weshalb ich sogar Yannis versöhnlich „Frohe Weihnachten“ gewünscht habe, obwohl ich mit ihm nie wieder ein Wort reden wollte. Aber mein Knutschfleck ist inzwischen völlig verblasst, sodass ich endlich wieder ohne Zebraschal unter die Leute kann. Wurde auch höchste Zeit, er fing schon an zu müffeln ... Und schließlich ist Weihnachten ein Fest der Liebe, da soll man all seinen Feinden verzeihen. Deswegen habe ich Milli auch nicht gleich den Hals umgedreht, als sie mir mit den Worten „Wer weiß, nachher ist Nicolas der wildeste Knutscher aller Zeiten!“ ein total angesagtes Paisley-Halstuch geschenkt hat. In Orange natürlich, verpackt in einem puschelig-roten Minigummistiefel.

Seufzend schließe ich die Augen und stelle mir zum hunderttausendsten Mal vor, wie mich Nicolas am Hals küsst und danach auf den Mund – und mir natürlich keinen Knutschfleck macht, weil er so toll küssen kann und überhaupt.

Juri hat mir ohne ein weiteres Wort einen golden angesprühten Mini-Weihnachtsstern in einem Herzengeltopf in die Hand gedrückt. Also, eins ist schon mal klar: Mit dieser Aktion hat er sich endgültig von meiner Liste geschubst, sorry, aber was will ich denn mit so einem Kitschkram? Das kann er doch unmöglich ernst gemeint haben! Kleo hat mir am letzten Schultag nur flüchtig „Frohes Fest“ gewünscht, garantiert hängt sie die ganzen Weihnachtsferien nur mit Ambra rum. Irgendwie ist sie wieder so komisch in den letzten vier Wochen gewesen. Sie trägt nur noch weite Schlabberklamotten über ihren spargeldünnen

Beinen – hat sie echt gedacht, dass sie mit diesem Vogelscheuchenstyling bei Nicolas landen kann? Sie redet mit kaum jemandem und lachen habe ich sie seit Ewigkeiten nicht mehr gesehen. Ich kann mir nur vorstellen, dass sie zu Hause Dauerstress mit ihrer durchgeknallten Mutter hat – aber wer hat den nicht?!

Ich will nie, nie, nie so werden wie meine Mutter! Ich werde alles anders machen! Ich werde nicht so gefrustet zu Hause abhängen! Dann brauche ich nicht ständig meine Kinder anzumeckern wegen jedem Scheiß und muss keine Anti-Stress-Seminare besuchen oder Aroma-Walken machen, nur weil ich die Krise kriege, wenn jemand mal danebenpinkelt oder mit dreckverkrusteten Schuhen über die Fliesen latscht.

Jetzt sitze ich neben Leon in unserem Family-Van und schaue zum Fenster raus, wie wir durch die verschneiten Straßen fahren. Unwillkürlich muss ich wieder an Carlos denken. Wo der jetzt wohl steckt? Milli hatte mir den schlauen Tipp gegeben, mal im Käthe-Kollwitz-Gymmi nachzuschauen. Also habe ich heimlich Schule geschwänzt und einen ganzen Vormittag bei Eiseskälte auf dem Schulhof rumgelungert, doch Carlos war nirgends zu entdecken. Auch im Internet auf den entsprechenden Fußballseiten habe ich nachgeschaut, aber ein Carlos war in keinem Verein gelistet. Ob er mich angelogen hat? Ob er gar nicht von hier ist? Ich schließe die Augen und sehe prompt sein lustiges Gesicht mit den blonden Wuschellocken vor mir. Irgendetwas in mir verspricht mir, dass ich ihn wiedersehen werde. Nur wann? Ich atme tief durch und spüre trotz des ganzen Weihnachtstrubels so etwas wie Frieden in mir. Scheinbar ist von der göttlichen Erleuchtung und der feierlichen Stimmung des Weihnachtsgottesdienstes gestern Abend doch etwas auf mich übergesprungen. Oder liegt es daran, dass Yannis wie immer an Heiligabend in der Kirche nach meiner Hand getastet hat, während wir alle „O du Fröhliche" gesungen haben? Auf dem Nachhauseweg sind wir dann aufgeregt wie kleine Kinder unseren Eltern davongerannt, weil wir die Bescherung nicht erwarten konnten. Ich blicke wieder nach draußen auf die vorbeihuschenden Häuser.

Yannis! Vielleicht wird ja doch wieder alles so wie früher zwischen uns.

Da sehe ich plötzlich zwei wohlvertraute Gestalten eng umschlungen durch den Schnee stapfen: Kneif mich mal, das darf nicht wahr sein, Nicolas und Julia! Hand in Hand! Also doch! Augenblicklich ist es mit meinem inneren Frieden vorbei. Nicolas liebt Julia, hämmert es in meinem Kopf, sticht ein Eiskristall in mein Herz. Fassungslos drehe ich den Kopf und starre den beiden durch die Heckscheibe nach. Die Tränen bleiben irgendwo stecken. Ich habe ihn verloren. Für immer.
„Seit wann hat Julia denn einen Freund?", fragt mich auch prompt meine Mutter, die mit geübtem Blick sofort die Lage erfasst hat. Und dann macht sie eine Bemerkung, für die ich sie glatt einseifen könnte. „Wie süß, die beiden machen einen romantischen Weihnachtsspaziergang durch den Schnee."
Klar, und am Ende hat er ihr noch eine goldene Kette mit Herzanhänger geschenkt! Knutschen unterm Weihnachtsbaum,

oder was? Meine Laune sinkt auf Südpoltemperatur, mir wird eiskalt. „Nicolas", hauche ich gegen die Fensterscheibe.

Nicolas liebt mich nicht, er liebt Julia.
Jetzt weiß ich es endgültig.

„Hättest halt doch dein Flanellkleid anziehen sollen", meint Mama, als wir kurz darauf nacheinander aus dem Auto klettern und sie meine Gänsehaut bemerkt. Ich trage zur Feier des Tages ein ziemlich tief ausgeschnittenes Samtkleid in Aubergine, das mein Dekolleté vorteilhaft betont, und habe nur lässig meine Jeansjacke um die Schultern liegen. Die Wahrheit ist, dass mir das Flanellkleid nicht mehr passte. Und außerdem ist es pink. Als ich mich vorhin für unsere Familienfeier zurechtgemacht habe, habe ich die ganze Zeit davon geträumt, wie es wäre, wenn ich gleich Nicolas treffen würde. Ich habe mir total romantisch ausgemalt, wie ich neben ihm sitze und mit ihm gemeinsam Weihnachtsgans schmause, während wir uns mit Preiselbeersoße abwechselnd füttern. Nur für ihn habe ich mich so hübsch gestylt! Nur wegen ihm habe ich ein festliches Make-up aufgelegt und meine Haare mit Glitzerklemmen und Glitter zu einer festlichen Frisur drapiert. Nur für Nicolas habe ich meine Lippen sorgfältig geglosst und wollte heute aufs Ganze gehen.

Aber Nicolas liebt Julia. Bestimmt hat sie ihm von dem Knutschfleck erzählt und dass ich mit Yannis zusammen bin.
Aber hey, das stimmt nicht, Nicolas, es ist ganz anders, als du denkst. Bitte gib mir noch eine Chance ...

„Küss die Hand, gnä' Frau!", begrüßt Onkel Ösi meine Mutter, wie immer bestens gelaunt. Als er mich erblickt, zwinkert er mir fröhlich zu. „Servus, Sina", sagt er in seinem breiten Wiener Akzent. Dann zieht er mich in seine Arme und flüstert mir leise ins Ohr: „Hab ghört, du hast'n Zuzerlfleck ghabt, braves Mädel!" Ich knuffe ihn für seine Frechheit in die Seite, nicht wirklich böse, inzwischen kenne ich ja seine Sprüche. Ich habe den österreichischen Mann meiner Lieblingstante schrecklich lieb! Ich strahle ihn kokett an, als wäre es ein Kompliment. Ob er auf Knutschflecke steht? Insgeheim beschließe ich, nachher mal Irenes Hals genauer unter die Lupe zu nehmen. Mama hat also doch etwas mitgekriegt und alles ausgeplaudert, indiskret, wie sie nun mal ist. Da war ich Familienthema, ohne es zu merken! Immerhin haben sie mir ihre Kommentare erspart. Aber ich will nicht wissen, was sie hinter meinem Rücken alles getratscht haben! Und dann rutscht mir zum zweiten Mal an diesem Morgen das Herz in die Knie: Thaddäus. Stumm reiche ich meinem Cousin die Hand und verweigere ihm damit den obligatorischen Familienbegrüßungskuss.

Was ist nur mit mir los, dass ich alle anflirte und mir bei jedem männlichen Wesen Hoffnungen mache? Dieser Typ, der mir jetzt mit einem kräftigen Händedruck meine Ringe quetscht, sieht einfach umwerfend aus! Nicht so cool wie Nicolas oder so süß wie Carlos. Thaddäus ist einfach ... reifer. Er trägt ein tailliertes Sakko über einer eng sitzenden schwarzen Anzughose, sein graues Hemd darunter ist lässig aufgeknöpft. Wow. Das letzte Mal habe ich Thaddäus im Sandkasten gesehen, da war ich fünf und wir haben Krankenhaus gespielt. Hoffentlich hat er inzwischen vergessen, wo er mich damals überall untersucht hat ...

„Thomas hat heute für uns gekocht", erklärt Oma Doris lapidar, als sie sich, ganz ungewohnt für den ersten Feiertag, zu uns an den üppig dekorierten Tisch setzt.
„Wir wollten Oma mal entlasten", erklärt Monika beflissen. „Außerdem ist die traditionelle Weihnachtsgans immer so fett. Und Thomas kocht einfach vor-züg-lich." Sie betont jede Silbe einzeln und hebt ihr Glas. „Freut euch auf ein exquisites Weihnachtsmenü. Frohe Weihnachten!"
Während ich mit Johannisbeersaft fleißig mitproste, sehe ich, wie Oma die Stirn runzelt.
„Wos gibt's Gschmackigeres als a Ganserl?", fragt Onkel Ösi verwundert und stochert in dem „Dialog von Kaninchensülze mit Roter Bete, Feldsalat und Pinienkernvinaigrette" herum, die uns Thomas fünf Minuten später mit wichtiger Miene auftischt.
Leon verzieht prompt das Gesicht. „Ich will Klöße", bringt er die Sache auf den Punkt und pfeffert seine Gabel quer über den festlich gedeckten Tisch, dass die Rote Bete unschöne Spuren hinterlässt. Monika scheint sich kreativ ausgetobt zu haben, Oma Doris' Tischdekorationen sind sonst immer etwas schlichter ...

„Gleich, mein Schatz", seufzt Mama. „Der Feldsalat schmeckt sehr lecker", beeilt sie sich zu sagen und blinzelt Monika an. Garantiert checkt sie nebenbei, wer von ihnen beiden mehr Falten hat.
„Hilfst du bitte beim Auftragen, Sina", bittet mich mein Vater, als Thomas mit zwei angerichteten Tellern aus der Küche kommt.
„Glaciertes Rehragout mit Semmelknödelsoufflé und Preiselbeerjus", erklärt er stolz und stellt Oma Doris den ersten Teller hin.
„Warum immer ich?", maule ich. „Bin doch nicht eure Bedienung!"
„Aber du könntest deinem Onkel ruhig zur Hand gehen", meint mein Vater. „Soll der etwa alles alleine machen?"
Hä, was ist denn mit dem los? Bleibt gemütlich sitzen und ich soll herumspringen? Sonst ist es für ihn doch auch kein Problem, die Spülmaschine einzusortieren.
„Und was ist mit Thaddäus?", rutscht es mir heraus. Der hat sich nämlich nur fein die Lippen mit der Serviette getupft und sieht nicht so aus, als wisse er, was ein Spüllappen ist.
„Das ist etwas anderes, Schätzchen", mischt sich meine Mutter jetzt ein. „Geh bitte."
Maulend stehe ich auf und helfe, die angerichteten Teller zu verteilen, während Thaddäus sich lässig zurücklehnt.
„Vor-züg-lich", ruft Monika nach dem ersten Bissen und hebt ihr Weinglas. „Ein Toast auf den Spitzenkoch!"
Kotz! Das wird ja immer schlimmer. Oma Doris' Kochkünste hat sie nie so gelobt.
„Ich will richtige Knödel", ruft Leon wieder und sticht mit seiner Gabel das Soufflée platt. „Von Oma!"
„Das wollen wir alle", höre ich Onkel Ösi flüstern, während er einen kräftigen Schluck Wein nimmt. Eigentlich trinkt mein Onkel sonst nie vor Einbruch der Dunkelheit Alkohol.

Eine Weile essen wir schweigend vor uns hin. Thaddäus seziert sehr ordentlich sein Ragout, das er mit anmutiger Geste auf seine Gabel lädt und in seinem Mund verschwinden lässt. Er hat volle, weiche Lippen und ich ertappe mich bei dem Gedanken, wie es gewesen wäre, wenn er mir den Knutschfleck verpasst hätte und nicht Yannis. Irene säbelt lustlos am Fleisch herum, lädt sich die Gabel zu voll und spült dann mit verschmierten Lippen nach. Klar, sie ist tödlich beleidigt, schließlich kocht sie mit Leidenschaft die allerbesten österreichischen Spezialitäten und ist nicht nur für ihre Erdbeertörtchen weltberühmt. Papa dagegen schaufelt das Essen in sich hinein, als hätte er seit Tagen nichts mehr zu futtern gehabt. Und mitten in das feierliche Geschmause lässt Leon einen fetten Rülpser los.
Als Thomas zum Nachtisch „Warme Mandelküchlein mit Zimtäpfeln und Vanillesoße" reicht, verdreht Irene genervt die Augen, muss dann aber schmatzend zugeben, dass sie lecker schmecken. Ich bringe vor Traurigkeit (Nicolas) und Aufregung (Thaddäus) keinen Bissen hinunter.
„Das war ein wunderbar leichtes Essen, mein Schatz", säuselt Monika und stellt die Teller zusammen. „Und jetzt hast du dir deinen Feierabend verdient, schließlich ist Weihnachten." Mit diesen Worten steht sie auf und ist für die nächsten zwei Stunden in der Küche verschwunden, um des Küchenmeisters Spuren wegzuspülen. Thaddäus bleibt einfach sitzen. Aha, so geht das: Wer kocht, braucht nicht aufzuräumen. Ich gucke verwundert zu Mama hinüber, die mit finsterer Miene Monika hinterherstarrt. Ob sie das Gleiche denkt? Oder ist sie nur neidisch auf ihren kurzen Rock? Thaddäus sagt die ganze Zeit über kein Wort. Höflich unterhält er sich mit Onkel Ösi über orthopädi-

sche Spezialeinlagen für Extremsportler. Ich überlege, welchen Extremsport er wohl ausübt, bei dieser durchtrainierten Figur.

Ich blinzele immer mal wieder in seine Richtung. Irgendwie müssen diese Flirttechniken doch funktionieren, bei Carlos hat das doch auch geklappt, aber Thaddäus scheint mich völlig zu übersehen. Blödes Flirtbuch! Blöder Typ! Heute ist einfach nicht mein Tag.

Aus lauter Frust willige ich sogar in den verhassten Weihnachtsspaziergang ein, obwohl ich viel lieber im Warmen bleiben würde. Die Wahrheit ist: Thaddäus kommt mit. Als ob es das Normalste der Welt sei und er mich vorhin bei Tisch nicht völlig ignoriert hätte, läuft er jetzt neben mir her durch den Wald, Schulter an Schulter, es ist nicht unangenehm und fühlt sich sehr gut an. Sprechen tun wir kein Wort, nur hin und wieder spüre ich seine Blicke auf mir. Ich tue so, als bemerke ich sie nicht, und wenn er nicht schaut, gucke ich schnell heimlich zu ihm rüber.
„Duck di, Schneeball!", ruft Onkel Ösi und schon habe ich das eiskalte Zeugs im Kragen.
„Hey, warte!" Thaddäus formt blitzschnell eine Schneekugel und pfeffert sie in seine Richtung. Treffer!
Ich kichere und feuere ihn an, im Nu ist eine wilde Schneeballschlacht im Gange. Schnell liefere ich Thaddäus „Munition", die jetzt Leons Mütze trifft, woraufhin der sich dramatisch in den Schnee fallen lässt. Papa seift Irene ein, Onkel Ösi kugelt Leon durch den Schnee und ich renne kichernd vor Thaddäus' Schneebällen davon.
„Ich kann nicht mehr", japse ich, nachdem wir eine Weile wie die Eisbären durch den Schnee getobt sind und die anderen

nicht nach Aufhören aussehen. Ich lehne mich an einen Baum, um zu verschnaufen, öffne meine Jacke, ah, die kühle Luft tut gut. Plötzlich ist Thaddäus neben mir und stützt sich mit einer Hand am Baumstamm ab.
„Du bist toll", flüstert er und lächelt. Sein Gesicht ist ganz nahe, ich rieche sein Eau de Toilette. Ehe ich mich versehe, fühle ich seine Lippen auf meinen. Sein Atem ist warm, seine Zunge fährt in meinen Mund, tastet nach meiner.

Schlabbrigwarmspuckigkurbeligbähigitt

Soll ich zurückküssen?
Ich spüre, wie sich seine Hand zwischen mein Kleid schiebt und auf meinem Busen liegen bleibt. Einfach so. Obwohl seine Finger eiskalt sind, durchflutet mich eine kribbelige Welle, gleichzeitig fühlt es sich nicht richtig an.
„Lass das!", wehre ich ihn irritiert ab, schüttele meinen Kopf und mache, dass ich meiner Familie hinterherkomme.
„Hey, du wolltest doch ..." Thaddäus ruft mir irgendetwas hinterher, das ich nicht verstehe. Wie, ich wollte doch? Was meint er damit?

Flirten macht Spaß, aber es gibt Grenzen! Und hier solltest du mit deiner Körpersprache ganz klar signalisieren, was du willst und was nicht. Spiele nicht mit den Gefühlen anderer! Auch wenn es für dich nur ein Spiel ist und du dich ausprobieren möchtest, sei dir bitte im Klaren darüber, welche Signale du sendest und wie du auf andere wirken könntest, das kann sonst gefährlich für dich werden. Du hast die Verantwortung für dich, du entscheidest, was passiert!

Der Restnachmittag rauscht räuchermännchenlike an mir vorbei. Oma Doris wuselt aufgeregt zwischen uns allen herum, knuddelt Leon mit tausend Omaküsschen, der aber lieber mit seinem Gameboy daddelt, und unterhält sich mit Irene über homöopathische Mittel gegen Rheuma.

Wie mich meine Familie anödet! Dagegen sind die Buddenbrooks echte Freaks.

Obwohl ich Omas leckeren Stollen sonst schnittenweise verdrücke, bringe ich keinen Bissen hinunter. Von Onkel Ösis traditioneller Weihnachtsrezitation kriege ich ebenso wenig mit wie von Mamas und Monikas Klatschgespräch über Dings in Dings und Dingsbums in Bumsdings.

DER KUSS · *Wolfgang Borchert (1921–1947)*
Es regnet – doch sie merkt es kaum,
weil ihr Herz noch vor Glück erzittert:
Im Kuß versank die Welt im Traum.
Ihr Kleid ist naß und ganz zerknittert

und so verächtlich hochgeschoben,
als wäre ihre Knie für alle da.
Ein Regentropfen, der zu nichts zerstoben,
der hat gesehn, was niemand sonst noch sah.

So tief hat sie noch nie gefühlt –
so sinnlos selig müssen Tiere sein!
Ihr Haar ist wie zu einem Heiligenschein zerwühlt –
Laternen spinnen sich drin ein.

Kuss? Kleid? Knie? Hä? An dieser Stelle pflegt mein Onkel doch sonst immer etwas von seinem Lieblingsdichter Karl Kraus vorzutragen, was faselt er denn da von Regentropfen? Heimlich blicke ich durch das schimmernde Kerzenlicht hinüber zu Thaddäus, der ebenfalls ganz schweigsam auf seinem Platz sitzt.

Klar habe ich noch nie so tief gefühlt, bisher hat mir auch ja noch nie jemand einfach so seine Zunge in den Mund gesteckt! Von wegen sinnlos selig, ich bin STINKSAUER. Und wenn hier was zerwühlt ist, dann mein Herz und nicht mein Haar. Was fällt dem nur ein! Das ist ja schlimmer als ein Knutschfleck!!!!!!

Diesmal lächele ich ihn nicht an, sondern sende ihm tausend giftige Blicke, weitere tausend gelten Onkel Ösi für sein peinliches Gedicht.
Beim Abschied hoffe ich dann, dass Thaddäus doch noch irgendeinen coolen Spruch loslässt, aber er nickt mir nur einfach kurz zu und verschwindet mit seinen Eltern im dicken BMW, zurück ins Hotel, scheinbar sind Omas Matratzen nicht gut genug. Oma Doris winkt ihnen traurig hinterher.
„Mocht nix, nächstes Jahr koch i. Dann gibt's Kartoffelgulasch und danach Marillenknödel für alle", scherzt Onkel Ösi und drückt ihr ein dickes Busserl auf die Wange.
Als meine Hand auf dem Weg zu unserem Auto fröstelnd in die Jackentasche greift, fühlt sie einen zusammengefalteten Zettel. Der ist von Thaddäus, kapiere ich sofort und ich kann nichts dafür, dass mein Herz vor Aufregung lospumpert. Was will der?

Sich entschuldigen? Mir seine Liebe gestehen? Aufgeregt betaste ich das Papier. Ich kann es kaum erwarten, bis ich ungestört in meinem Zimmer bin, um seinen Brief heimlich zu lesen.

Liebe Sina,
sorry, ich ... weiß gar nicht, was ich sagen soll, aber ich muss dich unbedingt wiedersehen. Alleine. Ohne Familie. Und so, wie du mich die ganze Zeit über angeschaut hast, spüre ich, du willst es auch. Oder? Komm bitte übermorgen Nachmittag um 15:00 Uhr ins Roxy, ich werde auf dich warten.
Dein Thaddäus

Ein Date ist ein Date ist ein Date

„Und er hat dich wirklich geküsst?“ Milli rennt aufgeregt in meinem Zimmer auf und ab. „So richtig mit Zunge und so?“

„Neee, so auch wieder nicht“, seufze ich. Kann ihr ja schlecht gestehen, dass ich es vermasselt habe und eigentlich ziemlich eklig fand. Hätte ich einfach zurückküssen sollen? Weiß ich, wie Zungenküsse gehen? Und außerdem: Wir sind Cousin und Cousine, wir können doch heute nicht einfach irgendwelche Doktorspielchen machen wie damals im Sandkasten. Inzwischen habe ich schon zwei Packungen Taschentücher verheult, weil ich so fürchterlich durcheinander bin.

Inzest bedeutet Sex zwischen Blutsverwandten und ist strafbar. Ein harmloser Kuss im gegenseitigen (!) Einverständnis ist noch kein Inzest und zwischen Cousin und Cousine nicht verboten.

„Und, gehst du hin?“, bohrt Milli weiter, während sie sich zu mir aufs Bett setzt. Schon bereue ich, dass ich ihr überhaupt

von der Sache mit Thaddäus erzählt habe. Aber sein Brief hat mich dermaßen aufgewirbelt, dass ich dringend mit jemandem darüber reden musste.
„Wenn ich das wüsste ...“ Ich heule abermals los. Milli hat mir vorhin bestätigt, dass Julia jetzt mit Nicolas geht. Und mir glückstrahlend erzählt, dass sie von Marco zu Weihnachten einen kuscheligen Glitzerschal geschenkt bekommen hat.
„Stell dir vor, er stand einfach an Heiligabend vor unserer Haustür und hat mir ein dickes Paket überreicht. Und gestern haben wir uns getroffen ... Ich bin ja sooo schrecklich verliebt“, hat sie gestanden und glücklich übers ganze Gesicht gestrahlt. Nur aus Freundschaft zu mir tut sie jetzt ein bisschen traurig.
„Wieso gehst du nicht einfach hin und wartest ab, was passiert?“, schlägt Milli mir jetzt vor. „Wenn du willst, kommen Marco und ich einfach mit.“
Ich grinse sie unter Tränen an. „Das würdet ihr wirklich tun?“ Bei dem Gedanken, nicht alleine mit Thaddäus zu sein, fühle ich mich gleich viel besser. Weil er mich dann nicht einfach überrumpeln kann. Was wäre ich ohne Milli! Kleo hätte so was nie gemacht, die ist immer nur auf sich fixiert und interessiert sich nicht dafür, was andere fühlen.
„Und jetzt musst du auf andere Gedanken kommen“, sagt Milli energisch und zieht mich vom Bett. „Marco und ich sind gleich zum Schlittschuhlaufen verabredet. Und du kommst mit!“
Schlittschuhlaufen war leider das falsche Stichwort, weil ich sofort an Carlos denken muss, mit dem ich es auch vermasselt habe. Auch wenn es von Milli lieb gemeint ist: Soll ich etwa zuschauen, wie die beiden Händchen haltend übers Eis gleiten? Strahlend vor Glück, bis die Schneedecke schmilzt? Es gibt

einen fetten Eifersuchtsstich in meinem Herzen. Klar gönne ich Milli ihr Glück, aber ... Ich schluchze laut los.

Eifersucht ist ein fieses Gefühl, das sich in allen möglichen Situationen breitmachen kann: auf die sportliche Leistung deiner Freundin, auf ihre tolle Jeans, auf das Lob deiner Eltern gegenüber deinem Bruder oder eben darauf, dass andere Händchen halten und du nicht. Klar tut das weh, aber es darf dich nicht nachhaltig verletzen. Wenn doch, liegt das Problem nicht darin, dass du zufällig langsamer warst als deine Freundin oder eine andere Jeansmarke trägst als sie, sondern darin, dass du dich in diesem Moment nicht angenommen und geliebt fühlst. Aber ist das so? Haben diese Äußerlichkeiten wirklich etwas mit dir zu tun? Haben deine Eltern deinen Bruder tatsächlich lieber als dich und loben ihn deshalb ständig? Bist du ein weniger hübsches, süßes, tolles, nettes Mädchen, nur weil du noch keinen Freund hast? Es ist doch eher so: Du bist traurig darüber, dass du nicht beachtet wirst, dein Selbstvertrauen und dein Selbstwertgefühl sind im Keller. Und jetzt hast du genau zwei Möglichkeiten: Im Keller des Selbstmitleids abzutauchen und dich richtig hässlich zu fühlen. Oder etwas für dein Selbstbewusstsein zu tun, strahlend und fröhlich wieder am Leben teilzunehmen. Und mal abgesehen davon, brauchst du wirklich keinen Märchenprinzen, um dich toll zu fühlen.

Lache, so oft du kannst! Manchmal erreichst du mit einem Lächeln mehr als mit Worten. Stecke andere mit deiner Fröhlichkeit an, habe Spaß am Leben. Das verleiht dir eine positive Ausstrahlung.

Sei stolz auf dich! Wenn du etwas gut gemacht hast, dürfen andere ruhig davon erfahren. Klopfe dir auf die Schulter, zeige, was *du* draufhast.

Zeige deine Gefühle! Unterdrücke nichts, sondern springe vor Freude in die Luft oder lass deinen Ärger raus.
Respektiere dich! Wenn du dich liebenswert findest, lieben dich andere auch. Verzeihe dir deine Schwächen, nimm dich so, wie du bist (und versprich dir, dass du immer besser wirst).

„Nein", höre ich mich sagen, nachdem ich mich wieder eingekriegt habe, „ich habe Mama versprochen, heute Nachmittag zu Hause zu bleiben und mit Leon Mathe zu üben." Was eine glatte Lüge ist. Milli scheint es zu ahnen – oder ist sie froh, dass sie mich nicht mitschleppen muss?! – und hakt nicht weiter nach.
Nachdem sie weg ist, grübele ich den restlichen Nachmittag darüber, ob ich mit Thaddäus etwas anfangen soll oder nicht. Schließlich wohnt er kilometerweit weg. Und was ist, wenn Carlos plötzlich auftaucht und mir seine Liebe gesteht? Außerdem: Habe ich nicht doch noch eine winzig kleine Chance bei Nicolas, jetzt, wo mein Knutschfleck verblasst ist? Ich bräuchte nur zu ihm zu gehen ... Nein, das wäre fies.

Der Freund deiner Freundin ist tabu! Egal, was passiert! Umgekehrt wolltest du das auch nicht, dass jemand deinen Freund anbaggert, oder? Wenn es wirklich nicht anders geht: Redet darüber und sorgt für klare Verhältnisse.

Ich versuche Klarheit über meine Gefühle zu erlangen, indem ich alles in mein Tagebuch aufschreibe, aber das macht alles nur noch schlimmer. Blöde Besser-fühl-Tipps! Blöder Blog! Das funktioniert doch alles sowieso nicht!

Hoffentlich liest nie jemand in meinem Geheimtagebuch nach, dass ich tatsächlich ernsthaft überlegt habe, was meine Familie wohl sagt, wenn ich ihnen meine Hochzeit mit Thaddäus ankündige ...

Ich habe grässlich schlechte Laune, die sich auch nicht bessert, als ich mit Leon zur Feier der Weihnachtsfeiertage „Wer wird Millionär junior" spiele und aus lauter Frust einen Teller gegrillte Marshmallows in mich hineinfuttere.

Schrecklich aufgeregt bereite ich mich auf mein Date mit Thaddäus vor. Ich habe beschlossen, hinzugehen, ich muss einfach wissen, was los ist. Für Nicolas. Für Thaddäus. Und für Yannis, denn der hat vorhin bei mir geklingelt und gefragt, ob ich mit zum Schlittschuhlaufen komme. Ausgerechnet! Natürlich habe ich ihm nicht gesagt, dass ich mit einem attraktiven Boy verabredet bin, aber enttäuscht war er trotzdem, das habe ich genau gesehen. Klar, da traut er sich endlich mal was und dann sag ich gleich Nein.
Nachdem ich sämtliche Klamotten aus dem Schrank gezerrt und ausprobiert habe, wähle ich meine Lieblingsjeans und einen geringelten Rollkragenpulli, damit bloß keine neuen Missverständnisse entstehen. Im Badezimmer versuche ich mich verzweifelt an den Style von Alessandro Debortoli zu erinnern und meine Augen besonders geheimnisvoll zu schminken, aber es gelingt mir nicht. Seufzend rubbel ich den ganzen Schminkkram wieder runter, nehme nur die leicht getönte Tagescreme und tusche sorgfältig meine Wimpern – diesmal mit Mamas Edelmascara, die Flirt-Fit-Tube lass ich lieber stecken,

denn ich habe nicht vor, mit Thaddäus zu flirten. Aber was will ich überhaupt da? Einzige klare Antwort: Klarheit!

Survival-Tipps für dein erstes Date

Jetzt hast du ihn erfolgreich angeflirtet und endlich ein Date mit ihm – und nun bist du ganz kribbelig und aufgeregt. Weißt nicht, was du anziehen sollst, was du sagen sollst ...

- Sei ganz du selbst! Rüsche dich nicht extra auf, schminke dich nicht übertrieben. Er interessiert sich für dich, nicht für ein Abziehbild.
- Wähle keine sexy Klamotten und sende keine Signale, die du nicht so meinst. Falsche Hoffnungen wecken ist unfair.
- Sei pünktlich, doofe Zu-spät-komm-Spielchen hast du nicht nötig, ebenso wenig muss deine Freundin doch noch mitkommen.
- Trefft euch nach Möglichkeit nicht im Lieblingscafé deiner Clique, das erspart dir Lästereien und ist viel geheimnisvoller.
- Wenn du ihn nicht so gut kennst, vermeide ein Date an abgelegenen Orten. Sag deinen Eltern oder deiner Freundin Bescheid, wo du steckst, sicher ist sicher.
- Tabuthemen sind: Lästereien über andere (weil ihr euch noch nicht so gut kennt), Ex-FreundInnen (weil das zeigt, dass das Herz doch noch an dem/der anderen hängt), intime Fragen (weil ihr euch noch nicht so gut kennt).
- Betatsche ihn nicht ständig, zufällige Berührungen müssen es auch bleiben. Zupfe lieber mal einen Fussel von seinem Pulli ...
- Wenn er sich als Langweiler entpuppt: Unter einem Vorwand (Huch, ich hab was vergessen!) aufstehen und gehen!
- Wenn er dich pausenlos anschaut, dir Komplimente macht, dir aufmerksam zuhört, dir eine CD schenkt, sich extra gestylt hat – dann kannst du getrost davon ausgehen, dass er dich mag.

- Wenn er keine Lust hat, sich mit dir wieder zu verabreden, ausweichende Antworten gibt, dich hinhält – dann fordere ein klares Bekenntnis oder akzeptiere diese indirekte Absage.
- Mit diesen Gedanken bleibst du während deines Dates entspannt: „Ich bin schön! Ich bin klug!" – „Ich will ihn, aber ich brauche ihn nicht." – „Es gibt Millionen andere Jungs auf der Welt." – „Er muss mir gefallen. Nicht nur ich ihm."

Ich sehe sie sofort: Julia ist auch da mit Nicolas, ganz hinten in der Ecke sitzen sie am Tisch und halten verliebt Händchen. Julia schmachtet ihn dermaßen an, dass sie mich gar nicht bemerkt. Ich lasse meinen Blick über das voll besetzte Café schweifen, überall sitzen turtelnde Pärchen – Weihnachten, das Fest der Liebe! *Kotz!* Weder Thaddäus' graues Jackett noch Millis rote Locken sind zu sehen. Am Fenster wird gerade ein Tisch frei, ich beeile mich und lasse mich auf den angewärmten Sitz fallen. Sofort ist die Bedienung bei mir und will wissen, was ich trinken möchte.

„Latte macchiato", höre ich mich sagen, dabei trinke ich normalerweise keinen Kaffee. Aber wenn Thaddäus mich gleich sieht, soll er mich nicht für ein Baby halten, das höchstens mal Cola nippen darf. Immerhin ist er mindestens siebzehn. Keine Minute später stürmt Milli an meinen Tisch.

„So ein Arsch", ruft sie empört und pfeffert ihre nasse Mütze auf die Eckbank. „Lässt mich einfach bei dieser Eiseskälte stundenlang warten!"

„Vielleicht ist ihm etwas dazwischengekommen?", versuche ich sie sanft zu beschwichtigen. Wie Thaddäus, der auch seit einer Viertelstunde überfällig ist. So aufgebracht habe ich Milli noch nie erlebt. Das mit ihr und Marco scheint ja wirklich etwas Ernstes zu sein.

„Ach ja? Und wieso hat er mich vorhin extra noch mal daran erinnert?“, faucht sie, während sie ihre roten Haare zurechtrauft. „Hey, wir haben heute bereits dreimal miteinander telefoniert.“

„Ja dann ...“ Ich brauche ein paar Sekunden, um zu kapieren. „Aber dann ist ihm erst recht etwas dazwischengekommen“, schlussfolgere ich schlau. „Oder?“

„Meinst du wirklich?“ Milli hat jetzt tatsächlich Tränen in den Augen. „Du weißt gar nicht, wie beschissen sich das anfühlt, so versetzt zu werden. Ich habe wegen ihm stundenlang in der Kälte gestanden.“

Wie sich herausstellt, waren die beiden im Stadtpark verabredet und Milli war, weil sie es nicht erwarten konnte, eine halbe Stunde vorher da. Und Marco eben gar nicht. „Dabei hat er mir gestern sogar einen Knutschfleck gemacht, schau mal.“ Sie lupft verschmitzt ihren Glitzerschal, unter dem ein kleines blaurotes Prachtexemplar versteckt ist. Nicht so groß wie der von Yannis, aber immerhin. „Als Beweis dafür, dass er mich lieb hat“, sagt sie und jetzt muss sie doch unter Tränen lächeln.

Irgendwie komme ich da nicht mehr mit!
Ein Knutschfleck als Beweisstück der Zusammengehörigkeit?
Mir wäre es lieber, mein Freund würde mir sagen, was er fühlt,
und sich eindeutig zu mir bekennen, als mir so
einen Orakel-Knutschfleck zu verpassen.

In diesem Moment kommt Thaddäus an unseren Tisch gestürmt. „Hey, Sina“, sagt er, beugt sich zu mir runter und haucht mir zwei Küsschen links und rechts auf die Wange. „Sorry für die Verspätung, aber Vater musste noch etwas bei den Küchenprofis erledigen, du weißt schon, da konnte ich nicht eher weg.“ Er pflanzt sich geräuschvoll auf den Stuhl neben mich und zwinkert mir zu. „Schön, dich zu sehen! Und wie heißt deine hübsche Freundin hier?“

Milli wird noch röter im Gesicht, sagt aber keinen Ton, als er ihr neckisch in die Schulter boxt. Dabei wippt sein Goldkettchen aus dem dunkelbraunen Kaschmirpullover heraus.

„Espresso und Red Bull“, ruft er mit seiner lauten Stimme der Bedienung zu, die gerade drei Tische weiter am Kassieren ist. „Und was trinkst du?“ Er guckt Milli mit einem entwaffnenden Lächeln erwartungsvoll an, als ob sie gleich „Champagner“ hauchen müsste.

„Einen heißen Kakao“, stammelt sie, immer noch völlig perplex.

„Wie süß“, ruft er theatralisch, so laut, dass man das garantiert auch draußen hören kann. „So eine Süße braucht was Süßes, oder?“ Jede Wette tätschelt er ihr unter dem Tisch ihre Knie, denn Milli sitzt plötzlich stocksteif da.

Eine Weile schweigen wir uns an. Unter meinem Pony heraus versuche ich so unauffällig wie möglich herauszufinden, warum ich ihn neulich so toll fand und wie eine Bekloppte mit ihm geflirtet habe. Klar, mit seinen zurückgegelten Haaren sieht er total cool und männlich aus, gegen Thaddäus ist Nicolas ein weich gespültes Bübchen. Aber wie er jetzt neben mir einen blöden Spruch nach dem anderen loslässt und die Mädchen am Nebentisch anbaggert, finde ich ihn gar nicht mehr so toll. Pausenlos checkt er sein Styled-by-Metal-Klapphandy mit Slidefunktion, Marke Superteuer, und flirtet sogar mit der Bedienung. Schließlich kapiert er wohl, dass das mit uns nichts werden kann und die Sandkastenzeiten endgültig vorbei sind, Cousin und Cousine hin oder her. Er winkt Richtung Tresen, deutet lässig mit einer kreisrunden Bewegung auf unseren Tisch und zahlt dann, ohne mit der Wimper zu zucken, alles mit einem Hunderteuroschein.

„Na dann ..." Schwungvoll schiebt er seinen Stuhl zurück. Diesmal macht er keine Anstalten, mich abzuschmatzen. „Ich habe noch einen wichtigen Termin, sorry!" Und ohne ein weiteres Wort rauscht er von dannen.

Milli und ich gucken uns an und prusten dann wie auf Kommando los.

„Bye, bye, Thaddäus, see you in Bikini Bottom!", rufe ich ihm hinterher. Ein schwarzhaariges Mädchen am Nebentisch applaudiert und grinst mich breit an. Hey, habe ich die nicht schon mal irgendwo gesehen?

„Was war denn das für einer?", fragt Julia interessiert. Natürlich hat sie uns inzwischen längst bemerkt und ist aus ihrer Knutschecke zu uns an den Tisch gekommen. „Mmh, riecht aber lecker!", schnüffelt sie. Meint sie etwa Thaddäus' aufdringliches Aftershave?

„Sinas neuer Lover", meint Milli und kriegt sich gar nicht mehr ein vor Lachen. „Und du, machst du Wettknutschen?" Ihre Stimme klingt leicht hysterisch, aber das höre nur ich.

„Neidisch, oder was?", antwortet Julia schnippisch. „Bist ja nur eifersüchtig!" Und schon ist sie wieder weg, um sich demonstrativ auf Nicolas' Schoß zu schwingen, der mit hochrotem

Kopf dasitzt und so tut, als hätte er uns überhaupt nicht gesehen. In diesem Moment geht die Tür auf und Marco kommt rein. Er sieht total fertig aus, beinahe so, als hätte er geweint. Doch als er Milli erblickt, geht ein Strahlen über sein Gesicht. Und sie? Meine liebe Freundin grinst wie ein beleuchteter Weihnachtsbaum und hat scheinbar sämtliche Flüche und Hasstiraden von gerade eben vergessen. Zumindest springt sie mit einem Jubelschrei auf und fliegt ihm vor allen Leuten um den Hals. Die beiden versinken ineinander und küssen drauflos, dass mir allein vom Zuschauen schwindelig wird. Na, da bin ich wohl überflüssig, denke ich seufzend. Und weil mich gerade niemand vermisst, schnappe ich meine Jacke und gehe einfach an dem verknäulten Liebespaar vorbei nach draußen in die winterklare Luft. Laufe alleine durch die schneeglitzernde Stadt, vorbei an den blinkenden Weihnachtsauslagen, zwischen denen bereits Neujahrsschweinchen und Schornsteinfeger mit Glücksklee das neue Jahr ankündigen. Neues Jahr, neues Glück? Mit wem? Alle haben einen Freund, nur ich nicht! Mich küsst niemand! Kein Nicolas, kein Thaddäus, kein Carlos, kein Juri, natürlich kein Marco und erst recht kein Yannis. Ich habe mich in meinem Leben noch nie so alleine gefühlt, Tränen laufen mir über die Wange, ich kann gar nicht mehr aufhören zu weinen. Heule wegen Nicolas, der jetzt mit Julia knutscht. Heule wegen Thaddäus, dem gegenüber ich mich total dämlich verhalten habe. Heule wegen Carlos, den ich in meinem Leben vielleicht nie mehr wiedersehen werde. Heule wegen Yannis, den ich als besten Kumpel und Freund verloren habe. Heule wegen des Knutschflecks, der mir dieses ganze Liebesdilemma eingebrockt hat.

Blödes Fest der Liebe!

Drittes Kapitel, in dem Sina Schmetterlingsflügel wachsen

Neues Jahr, neues Glück?!

Heute ist Silvester und ich habe die Krise. Irgendwie habe ich das Gefühl, in den letzten Wochen alles falsch gemacht zu haben. Dieser Knutschfleck von Yannis hat mich dermaßen durcheinandergewirbelt, dass ich nicht mehr weiß, wer ich bin und was ich will. Vor lauter Grübelei habe ich ständig schlechte Laune, trage nur noch schwarze Klamotten. Fast wie diese Emily, die ich in den letzten Nordseeferien kennengelernt habe. Aber irgendwie ist alles auch dickedoof:

1. Ich hatte den fettesten Knutschfleck der Welt und war DAS Gespött der Schule.
2. Ich habe Nicolas erfolglos angeflirtet, das Date mit Carlos vermasselt und mich Thaddäus gegenüber voll lächerlich gemacht.
3. Ich habe in der letzten Französischarbeit eine glatte Fünf kassiert und deswegen Dauerendlosstress mit Mama.
4. Ich habe meine Basketballmannschaft enttäuscht, weil ich mich nicht mehr zum Training aufraffen kann.

5. Ich habe den besten Freund verloren, den ich je hatte.

6. Ich habe mich endgültig mit Kleo zerstritten, weil sie nicht mit mir reden wollte.

Dieses Jahr wollte Kleo plötzlich keine Weihnachtstrüffel mehr mit mir gemeinsam herstellen. Weil sie angeblich zu ungesund seien, hat sie behauptet, und da habe ich den Totalausraster bekommen. Wenn eine ungesund lebt in letzter Zeit, dann ja wohl Kleo. Und nicht, weil sie ausnahmsweise mal eine süße Praline nascht, sondern weil sie sich nur noch von Zwieback ernährt, an dem sie zu jeder Tages- und Nachtzeit herumnagt. Und wenn ihr unsere Freundschaft gar nichts mehr wert ist, dann soll sie es doch bleiben lassen. Mir war das immer heilig, unser gemeinsamer Weihnachtsgeschenkebastelnachmittag, aber sie legt offensichtlich keinen Wert mehr darauf. Ich bin superenttäuscht und traurig deswegen.
Seufzend greife ich zu meinem Sonnenspiegel und schaue mir prüfend ins Gesicht. Von wegen Schokoladenseiten kennen! Von wegen gelbe Zettel kleben und sich toll fühlen! Ich habe diesen Flirtratgeber von vorne bis hinten durchgelesen, Tipps und Strategien ausprobiert. Und, hat es was genützt? Nicolas geht jetzt mit Julia, Milli mit Marco, Carlos ist lost in space, Thaddäus leider der Falsche, Juri ein hohlköpfiger Clown und Yannis ... Skeptisch mustere ich mich im Spiegel. Irgendwie sehe ich viel erwachsener aus als sonst, finde ich. Und das liegt nicht an meinem schwarzen Kajalstrich, ohne den ich seit Neustem nicht mehr aus dem Haus gehe. Sehr zum Ärger von Mama, die meint, ich bekäme davon nur Falten. Aber erstens sind alle Mädchen in meiner Clique geschminkt und zweitens: Warum tüncht sie sich dann selbst so dicke an?

In der Tat können Farb- oder Make-up-Reste die Hautalterung beschleunigen, aber nur, wenn man sich nicht regelmäßig abschminkt und pflegt. Also gewöhne dir an, auch wenn du noch lange nicht im Faltenalter bist, jeden (!) Abend dein Gesicht gründlich zu reinigen. Das gilt auch, wenn du kein Make-up oder Kajal verwendest, denn eine gereinigte und gepflegte Haut dankt es dir mit deutlich weniger Pickeln und Mitessern.

Ständig meckert Mama an mir herum, egal, was ich tue, es ist ihr nicht recht. Helfe ich ihr beim Abwaschen, ist das Wasser nicht heiß genug. Räume ich die Spülmaschine ein, sortiere ich ihrer Meinung nach die dreckigen Teller und Gläser nicht richtig, gehe ich für sie einkaufen, bringe ich garantiert die falsche Küchenrollen-Packung mit nach Hause. Und wenn ich zur Abwechslung mal mit Leon spiele, stört es sie, dass ihr kleiner Liebling dann immer verliert. Klar, weil er, Schulkind hin oder her, noch ein kleiner Hosenscheißer ist und ich ihn halt nicht gewinnen lasse. Und das Schlimmste: Mama akzeptiert einfach nicht, dass ich meine Ruhe haben möchte, und kommt ständig unter irgendeinem Vorwand in mein Zimmer geschlurft – ohne anzuklopfen. Dabei habe ich sie schon etwa hunderttausendmal darum gebeten. Den Superschreianfall aber bekommt sie, wenn ich nicht SOFORT reagiere und SOFORT den Müll rausbringe, wenn sie mich darum bittet. Hey, ich habe auch meine Termine. Wieso soll ich meine Lieblingssoap sausen lassen, nur um ausgerechnet SOFORT an die Mülltonne zu gehen? Dauert doch nur fünfundvierzig Minuten, danach kann ich auch gerne die Straße fegen und von mir aus noch Unkraut zupfen. Aber das kriegt sie in ihre mütterlichen Hirnzellen einfach nicht rein.

Seufzend blinkere ich mir im Spiegel zu. Das habe ich in letzter Zeit trotz meiner schlechten Laune oft gemacht: Egal, an welchem Schaufenster, welcher Fassade oder welchem Autospiegel ich vorbeikomme, ich checke mein Outfit und lächele mich an oder schneide eine Grimasse. Keine Ahnung, ob ich deswegen jetzt selbstbewusster bin, auf alle Fälle hinterlässt es ein gutes Gefühl. Wenigstens eine, die mich mag, denke ich dann immer, und das bin ich!

Irgendwie wirke ich heute gelassener, relaxter, cooler, zumindest äußerlich. Als ob irgendetwas in mir akzeptiert hätte, dass ich sowieso keinen Einfluss darauf habe, wer mich liebt und wer nicht.

Wie hat es mir Tante Irene gestern am Telefon erklärt: ein Teil Schicksal, ein Teil du. Eigentlich habe ich sie nur angerufen, um ihr eine gute Reise zu wünschen, Onkel Ösi und sie fliegen morgen nämlich mal wieder nach China. Aber dummerweise hat sie mich dann gefragt, ob es mir auch wirklich gut geht, und da ist mir die ganze Geschichte einfach so rausgeflutscht. Ich hoffe, sie erzählt jetzt nicht alles Mama ... Irene meinte, ich hätte ja schließlich alles getan, um Nicolas zu erobern, aber wenn er Julia besser findet als mich, müsse ich das einfach akzeptieren. Die hat leicht reden! Sie ist seit Jahren mit ihrem Ösi-Mann glücklich verheiratet.

Es kommt immer auf die Menschen an, mit denen du zusammen bist. Manchmal hast du einfach Glück und alles passt ganz wunderbar „richtig" zusammen und fühlt sich okay an. Manchmal ist es aber auch so, dass du ganz „richtig" bist, während die anderen aus deiner Clique sich einfach doof verhalten oder gar nicht zu dir passen – weil sie ganz anders sind als du, anders leben, anders denken, anders erzogen sind und auf andere Dinge Wert legen als du. Du tust alles und hast trotzdem das Gefühl, sie akzeptieren dich nicht. Dann fühlst du dich unwohl, unglücklich und wunderst dich, warum. Das herauszufinden und sich einzugestehen erfordert viel Ehrlichkeit dir selbst gegenüber, hilft dir aber, deinen persönlichen Standpunkt herauszufinden – und dich „richtig" und stark zu fühlen, so wie du bist. Pass bitte auf, dass du dich deinen Freundinnen zuliebe nicht verbiegst. Dann bist du vielleicht akzeptiert, aber nicht mehr du selbst.

Test: So erlangst du Klarheit über deine Position innerhalb deiner Clique. Je öfter du „Ja" ankreuzt, desto „richtiger" bist du.

FRAGE	ANTWORT	
· Ich stehe gerne im Mittelpunkt und bestimme meistens, was wir machen.	JA	NEIN
· Es macht mir nichts aus, wenn sich die anderen auch mal ohne mich treffen.	JA	NEIN
· Ich muss nicht um jeden Preis bei allem dabei sein.	JA	NEIN
· Wenn jemand über mich lästert, stelle ich ihn sofort zur Rede.	JA	NEIN
· Ich weiß, dass die anderen voll hinter mir stehen.	JA	NEIN
· Selbst wenn ich eine andere Meinung habe als meine Cliquen-Freundinnen, fühle ich mich doch nie ausgeschlossen oder alleine.	JA	NEIN

- Wenn jemand aus meiner Clique etwas tut, was ich ungesund, gefährlich oder peinlich finde, dann versuche ich, diejenige davon abzuhalten. JA NEIN
- Ich tue nicht ALLES, damit sie mich akzeptieren. JA NEIN
- Ab und zu ecke ich auch mal an innerhalb der Clique. JA NEIN
- Wenn ich mich mit Freundinnen außerhalb der Clique treffe, ist das kein Problem. JA NEIN

Eigentlich ganz tröstlich, der Gedanke: Ich kann gar nichts dafür, dass die Jungs nicht auf mich fliegen, ich habe schlichtweg Pech und bisher nur die falschen getroffen. Anders gesagt: Mir geht diese ganze Wettknutscherei inzwischen dermaßen auf die Nerven, dass ich schon gar keine Lust mehr darauf habe. Vielleicht habe ich irgendwann mal einen festen Freund und dann gehöre ich auch dazu. Aber wann?

Eigentlich wartet heute kein Mädchen mehr darauf, dass ein Märchenprinz kommt und sie mit seinen Küssen erlöst, sprich: zu einer richtigen, anerkannten und vollwertigen Frau macht, ihrem Leben einen Sinn verleiht, indem er sie heiratet und mit ihr gemeinsam eine Familie gründet. Dieses Rollenverständnis überholt sich gerade, auch wenn viele Mädchen und Frauen denken, nur mit einem Partner wären sie „richtig“ und sie selbst. Im Zuge der Emanzipation haben Mädchen und Frauen heute ein viel höheres Selbstwertgefühl und leben selbstbestimmt. Sie brauchen keinen Mann, der ihnen eine Identität verleiht – was nicht bedeutet, dass man nicht zu zweit weniger allein ist ...

Ein kleiner Stich in meinem Herzen zeigt mir an, dass nicht die ganze Sina von Irenes Theorie überzeugt ist. Seufzend stehe ich auf. Heute Abend steigt die große Silvesterparty drüben bei Dietrichs, wie jedes Jahr, da sollte ich mich so langsam zurechtstylen. Für Mama ist es *der* Event schlechthin, seit Tagen redet sie von nichts anderem als ihrem schwarzen Party-Minikleid mit Raffoptik und hält strikt Plätzchendiät, damit es auch ja passt. Eigentlich habe ich keine Lust auf Verkleiden und Schminksession, das bringt ja sowieso nichts. Und auf Yannis habe ich erst recht keine Lust. Am liebsten würde ich sowieso zu Hause bleiben, aber das würden meine Eltern garantiert nicht akzeptieren. Also, was ziehe ich an? Gebe ich die Diva oder das Glamour-Girl? Mache ich einen auf Black Beauty à la Emily oder bin ich einfach ganz natürlich? Wie sehe ich eigentlich aus?

Sina in den letzten Wochen: geschminkt, gestylt.
Sina heute sieht einfach nur wie Sina aus.

Also pilgere ich ins Bad. Diesmal blinkere ich meinem Spiegelbild nicht zu, sondern stelle mich gleich unter die Dusche. Mama hat ihr Peeling vergessen, das werde ich gleich mal austesten. Natürlich riecht dieses Edelzeug oberlecker und ist lange nicht so grobkörnig wie Millis toskanische Olivenpaste. Vorsichtig verteile ich es über meinen Körper, rubbele Arme, Bauch und Beine glatt. Ich stelle mir vor, wie jedes Körnchen eine Pore öffnet und sämtliche Sorgen und Probleme herauswäscht. Und dann stehe ich lange, lange unter der Dusche. Das Wasser prasselt auf meine Haare, auf meine Schultern, spült alles weg, es ist so, als ob das alte Jahr mit all seinem Trouble – Knutschfleck! Nicolas! Französisch-Note! Kein Carlos! Kleo-Streit! Mama-Stress! – durch den Ausguss auf Nimmerwiedersehen verschwindet. Ich fühle mich leicht und froh. Gut gelaunt creme ich mich ein und bin lange mit dem Anziehen fertig, als Papa zum Abmarsch bläst.

Es ist mal wieder eins von diesen rauschenden Festen bei Dietrichs, mit schickem Fingerfood, trendy Cocktails und Prosecco in Strömen. Yannis' Mutter Stefanie findet immer einen Grund zum Feiern, selbst im tiefsten Winter veranstaltet sie Grillpartys und findet es superwitzig, dass wir alle mit eiskalten Füßen draußen auf der Wiese rumstehen. Heute also Silvester! Alle sind da, Yannis, sein älterer Bruder Malte, Freunde, Bekannte und die Eltern von – Nicolas. Mir bleibt glatt die Spucke weg. Mit allem hätte ich gerechnet, aber nicht damit, ausgerechnet mit meinem Ex-Schwarm die Silvesternacht zu verbringen. Aber ein Blick in seine Richtung verrät, dass Nicolas nicht nach Feiern zumute ist. Klar, der Gute hängt mit trauriger Miene alleine in der Ecke rum, weil Julia mit ihren Eltern in den jährlichen Skiurlaub abgebrettert ist. Ich widerstehe dem Drang, ihn trösten zu wollen, und widme mich, ganz große Schwester, dem Kinderspieltisch. Das ist nämlich Tradition bei Dietrichs, seit ich denken kann: Bleigießen, Glückswürfeln, Horoskopelesen und Marzipanschweinchen-Wettmampfen, für viel Glück im neuen Jahr.

Silvester ist ein heidnischer Brauch, also kein christliches Fest, und auf die Germanen zurückzuführen. Die glaubten nämlich daran, dass der gefürchtete Kriegsgott Wotan in der Silvesternacht mit seinem wilden Gespensterheer durch die Lüfte zog. Um die Dunkelheit und die bösen Geister zu vertreiben, zündeten sie Holzräder an, die sie brennend zu Tal rollen ließen. Heute werden unzählige Feuerwerke gezündet, bis zu 100 Millionen Euro werden jährlich dafür ausgegeben.

Bisher konnte ich all dem nicht sonderlich viel abgewinnen, aber heute Nacht will ich es wissen: Was bringt mir das neue Jahr? Nicht dass ich sonderlich abergläubisch wäre, aber ein bisschen Orakel-Spektakel finde ich ganz gut.

Das Horoskop eines Menschen zeigt die individuelle Himmelssituation seiner Geburtsstunde. Hieraus können Rückschlüsse auf die Persönlichkeit eines Menschen gezogen werden. Denn je nachdem, in welchem **Tierkreiszeichen** jemand geboren wurde, werden ihm bestimmte Charaktereigenschaften zugesprochen. Tages- bzw. Wochenhoroskope in Zeitschriften können nur sehr allgemein sein und sind mit Vorsicht zu genießen! Sie können dir ein Stück Leitlinie in deinem chaotischen Leben sein, aber auch nicht mehr. Das gilt auch für die folgenden Charakterisierungen:

♈ **Widder** (21.3.–20.4.): Abenteuerlustig, wie du bist, wickelst du die Jungs supereasy um den Finger. Dabei ist es dir egal, ob deine Freundin in den gleichen Typ verknallt ist – für deine Interessen tust du (fast) alles. Am liebsten würdest du dich auch nicht auf einen Boy festlegen, denn Treue ist nicht so deine Sache. Dafür kannst du umgekehrt ganz schön eifersüchtig sein! Tolle Flirt- & Kusschancen hast du bei Skorpion, Schütze und Löwe.

Stier (21.4.–20.5.): Ganz so leicht bist du nicht hinter dem Ofen hervorzulocken, aber wenn es dich mal erwischt hat, bist du nicht mehr zu stoppen. Denn du bist ziemlich relaxed und ruhst in dir selbst, deswegen stehst du auch auf romantische Abende zu zweit. Hast du dich mal für jemanden entschieden, ist die Liebe für dich eine ernste und beständige Sache – weshalb du bei Liebeskummer extrem leidest, weil du deinen (Stier-)Kopf nicht durchsetzen konntest. Tolle Flirt- & Kusschancen hast du bei Steinbock, Fisch und Krebs.

Zwilling (21.5.–21.6.): Launisch, charmant, flatterhaft, gestresst, kontaktfreudig und superneugierig zugleich – so kannst nur du sein. Wegen deiner Spontaneität bist du bei allen beliebt und jeder hört dir gerne zu. Dabei zeigst du selten dein wahres Gesicht, denn Katz & Maus ist dein Lieblingsspiel, und zwar in allen Lebenslagen. Und obwohl du eine Flirtmeisterin bist, kannst du nur in einer ernsthaften Beziehung glücklich sein. Tolle Flirt- & Kusschancen hast du bei Wassermann, Widder und Waage.

Krebs (22.6.–22.7.): Du hast immer ein offenes Ohr für andere und registrierst die leisesten Stimmungsschwankungen deiner Mitmenschen. Bezogen auf dich bist du aber superempfindlich, sobald dich jemand an deine eigenen Probleme erinnert. Manchmal verziehst du dich dann in deinen Schutzpanzer und wartest, bis das Thema vom Tisch ist. Doch Gefühle und Nähe sind für dich das Allerwichtigste im Leben, deswegen bist du treu und tief enttäuscht, wenn dich jemand nicht mehr liebt. Tolle Flirt- & Kusschancen hast du bei Stier, Jungfrau und Skorpion.

♌ **Löwe** (23.7.–23.8.): Mit dir gibt es keine faulen Kompromisse, du stellst immer die höchsten Ansprüche an andere – und an dich. Du hast Power, Ehrgeiz und Durchsetzungsvermögen, und weil du täglich zeigst, wie sehr du das Leben liebst, gewinnst du mit deiner sympathischen Art viele Menschen für dich. Allerdings erwartest du von ihnen auch Feedback und Bestätigung, genau wie in der Liebe, von der du nie genug kriegen kannst. Tolle Flirt- & Kusschancen hast du bei Widder, Waage und Schütze.

♍ **Jungfrau** (24.8.–23.9.): Ohne deinen Timer bist du aufgeschmissen, denn du bist Ordnung, Planer und Vernunft in Person. Das macht dich nicht gerade spontan und flexibel, dafür aber zu einer zuverlässigen Freundin, mit der man immer rechnen kann. Eifersucht findest du uncool, weil's ja eigentlich klar ist, worum es geht, und für rosarote Romantik bist du auch nicht wirklich zu haben. In einer Beziehung behältst du am liebsten die Fäden selbst in der Hand, um sie „ordentlich" zu steuern. Tolle Flirt- & Kusschancen hast du bei Steinbock, Stier und Krebs.

♎ **Waage** (24.9.–23.10.): Dir geht es immer und vor allem um Ausgleich und Gerechtigkeit. Damit du in einem harmonischen Umfeld leben kannst, versuchst du jeden Trouble auszugleichen und zu vermitteln. Du selbst brauchst Bestätigung durch andere, und kriegst du deine Komplimente nicht, markierst du gerne die arrogante Kuh. Flirten tust du für dein Leben gern, und zwar mit allen Tricks. Hat es dich dann mal ernsthaft erwischt, bist du treu und glücklich – aber nur, solange dein Freund dich auf Händen trägt. Tolle Flirt- & Kusschancen hast du bei Zwilling, Löwe und Skorpion.

Skorpion (24.10.–22.11.): Alles, was du tust, machst du mit Liebe und Leidenschaft. Das macht dich für andere interessant und faszinierend. Durch dein extremes Verhalten fühlen sich manche verunsichert, aber das ist dir egal, Hauptsache, du hast mit deinem Röntgenblick alle durchschaut. Das gilt auch für deinen Lover: Entweder ganz oder gar nicht und am besten sofort. Denn Eifersucht macht dich rasend! Tolle Flirt- & Kusschancen hast du bei Fisch, Stier, Krebs und Waage.

Schütze (23.11.–21.12.): Fun 'n' action ist dein Lebensmotto, dabei übersieht jeder, wie hart du dafür kämpfst und arbeitest. Langeweile ist ein Fremdwort für dich, stattdessen heckst du lieber coole Partys aus und sprühst vor kreativen Ideen. Viele halten dich deswegen für eine echte Draufgängerin, was manche Jungs abtörnt. Sollen sie doch, ihnen entgeht eine tolerante und offene Freundin, die es allerdings selbst mit der Treue nicht so eng sieht. Tolle Flirt- & Kusschancen hast du bei Widder, Löwe und Waage.

Steinbock (22.12.–20.1.): Du hast den totalen Durchblick und gehst absolut realistisch durchs Leben. Fleißig und ehrgeizig, wie du bist, bist du immer in Action und hast dabei manchmal zu wenig Zeit für Partys und deine Freunde. Trotzdem ist auf dich hundertprozentig Verlass, nicht zuletzt, weil du eine ewige Besserwisserin bist. Oberflächliche Beziehungen hältst du für Zeitverschwendung und richtig locker beim Flirten kannst du dich auch nicht machen. Hast du dich in jemanden verliebt, tust du das aus tiefster Überzeugung und mit großer Ernsthaftigkeit. Tolle Flirt- & Kusschancen hast du bei Stier, Jungfrau und Skorpion.

≈ **Wassermann** (21.1.–19.2.): Freiheit, Freiheit über alles – ganz selbstbewusst tust du nur das, was du für richtig hältst, und tanzt auch mal gerne aus der Reihe. Viele halten deine Flippigkeit und Kreativität für arrogant, dabei bist du nur fasziniert von allem Neuen und Unberechenbaren. Offen und tolerant, wie du bist, willst du selbst entscheiden, wie und wann und mit wem du zusammen bist, und kannst nichts weniger leiden, als wenn dich ein Typ unter Druck setzt. Am treuesten bist du, je weniger man dich an sich kettet, egal in welcher Beziehung. Tolle Flirt- & Kusschancen hast du bei Zwilling, Krebs und Waage.

♓ **Fische** (20.2.–20.3.): Du lässt dich gerne im Strom der Zeit treiben und träumst vor dich hin. Dabei bist du alles andere als naiv! Sensibel gebaut, nimmst du alle Stimmungen um dich herum wahr – und machst daraus die schönsten, künstlerischsten Kreationen. Wenn dir allerdings etwas zu schwierig wird, tauchst du einfach in deine Fantasiewelt ab oder du lässt deine schlechte Laune an anderen aus. Daher halten dich viele für arrogant und verletzend. Von deinem Freund erwartest du, dass er dir jeden Wunsch von deinen Augen abliest, alles andere bedeutet für dich kein harmonisches Zusammensein. Tolle Flirt- & Kusschancen hast du bei Stier, Waage und Skorpion.

„Und, glaubst du daran?" Ohne dass ich es bemerkt hätte, steht Yannis hinter mir und linst über meine Schulter auf das Blatt. Sein Atem kitzelt an meinem Hals, genau an der Stelle, wo er mir vor über zwei Monaten den Knutschfleck verpasst hat.
„Ich weiß nicht", sage ich wahrheitsgemäß und rücke ein Stück zur Seite. Eine leichte Gänsehaut rieselt meinen Rücken hinun-

ter. „Manchmal schon." Yannis ist Krebs und wäre demnach für mich, den Skorpion, ein geeigneter Kuss- und Flirtkandidat ...
„Hey, ihr zwei, macht ihr mit beim Bleigießen?", unterbricht uns Malte. Er hantiert bereits mit einem Löffel über der Kerze und lässt das Blei schmelzen.
„Klar", meint Yannis und begutachtet skeptisch Maltes Figur, die er im nächsten Moment aus der Wasserschüssel herausfischt. „Ein Pantoffel?!"
„Das bedeutet, dass du nächstes Jahr keine kalten Füße bekommst", erklärt Leon schlau.
„Quatsch, Pantoffel steht für Heiraten", mischt sich jetzt Papa im Vorübergehen ein und der muss es ja schließlich wissen. „Bist du dafür nicht eigentlich ein bisschen zu jung oder hast du dich endlich für eine entscheiden können?"
Malte grinst verlegen. Er hatte im letzten Jahr zwölf Freundinnen, pro Monat eine, als ob er eine Wette abgeschlossen hätte, wer die meisten Mädchen rumkriegt. Zurzeit aber scheint er solo zu sein, denn außer mir ist kein anderes Mädchen heute Abend dabei.
Als Nächste gieße ich mit einem *Schwupps!* das flüssige Blei in die Wasserschüssel.
„Eine Rose!", ruft Yannis lachend. „Eine Rose für Sina Rosenmüller, wenn das mal kein gutes Zeichen ist."
„Bedeutet das auch Heiraten, Papa?", fragt Leon neugierig.
Verlegen senke ich den Blick. Ausgerechnet eine Rose! Das ist ja so was von eindeutig. Yannis neben mir ist jetzt auch ganz still geworden.
„Nein", meint Papa und grinst mich verschwörerisch an. „Das bedeutet, dass Sina nächstes Jahr Glück, Liebe und Anerken-

nung geschenkt wird." Er blickt auf seine Armbanduhr. „In einer Stunde ist es so weit!" Und mit diesen Worten marschiert er gut gelaunt ins Wohnzimmer, wo sich die Erwachsenen gerade zu „Wahrheit oder Pflicht" versammeln. Hoffentlich kommt mir Papa nicht mit einem Knutschfleck nach Hause! Schweigend drehe ich die Rose in meiner Hand. Glück? Liebe? Anerkennung? Bedeutet das, dass meine Schulnoten wieder besser werden? Und mich Nicolas vielleicht doch liebt?

Yannis hat unterdessen einen Besen gegossen, den er mit betretener Miene vor seinen Augen hin und her dreht.

„Konflikt!", liest Malte mit düsterer Stimme vor. „Na, dann pass lieber mal auf, was du sagst." Er boxt seinem Bruder freundschaftlich in die Seite, der irgendwas von „danke auch, hatte ich bereits im letzten Jahr ohne Ende" murmelt.

Aus dem Wohnzimmer ertönt lautes Gejohle. Wie peinlich, ich höre Mamas schrilles Kichern, während Stefanie scheinbar Papas Stinkefüße küssen muss.

„Komm, wir gehen nach draußen", meint Yannis und zieht mich einfach mit sich. Scheinbar denkt er das Gleiche wie ich. Blöd nur, dass wir, um in den Garten zu kommen, durch das Wohnzimmer gehen müssen. Denn als ich den Raum betrete, verstummt plötzlich alles Gelächter, alle sind still. Sämtliche erwachsenen Augenpaare starren mich an, als hätte ich neben tausend Pickeln im Gesicht hundert Knutschflecke am Hals. Ich atme tief durch und tue so, als merke ich das nicht. Was habe ich heute so Besonderes an mir? Ich bin weder großartig geschminkt noch superstylisch angezogen, ich bin einfach nur Sina, Sina, die sich heute wunderbar leicht und gut fühlt. Ich lächle freundlich Stefanie an und nicke Mme Legrand höflich zu, immerhin werde ich – ausgerechnet! – bei ihr Nachhilfeunterricht haben, wie mir Mama vorhin in der Küche mitgeteilt hat. Mit hochgerecktem Kopf und zügigen Schritten mache ich, dass ich zur Terrassentür komme. Gerade als ich im Türrahmen stehe, höre ich, wie Stefanie zu meiner Mutter sagt: „Tolles Mädchen, deine Tochter."

Sensible Menschen spüren, wenn du für dich etwas erreicht hast und innerlich zufrieden bist. Du hast deine Mitte gefunden, du strahlst von innen heraus – und wirkst plötzlich erwachsener und schöner denn je (remember: Wahre Schönheit kommt von innen!). Andersherum spürt man auch negative Signale, etwa schlechte Laune, Unzufriedenheit oder fiese Absichten. Beobachte mal genau, wie die persönliche Ausstrahlung bei manchen Menschen ist und welche Aura sie umgibt. Lass dich von der positiven Energie anderer anstecken und schütze dich vor den negativen Gedanken anderer.

Und dann laufe ich – tolles Mädchen!!! – neben Yannis durch den Garten. Ich fühle, wie er mich einfach an die Hand nimmt und über die Kieswege führt, durch das kleine Gartentürchen hinaus. Diesmal nicht in die Hollywoodschaukel, uff. Eine Weile wandern wir schweigend durch die Dunkelheit, es ist klirrekalt, aber in mir ist alles warm. *Glück, Liebe, Anerkennung* … Ich spüre Yannis' Schulter durch meine Jacke, ein vertrautes Gefühl, ich kenne ihn schon so lange, er war mal mein bester Kumpel. Und jetzt? Seit diesem beknackten Knutschfleck ist alles so doof zwischen uns geworden und ich weiß eigentlich gar nicht genau, woran ich bei ihm bin. Schweigend mustere

ich ihn von der Seite. So ernst wie heute Abend habe ich ihn noch nie erlebt. Ob das alles an dieser dämlichen Orakelei liegt?
„Sina", beginnt er plötzlich, als er meine Blicke spürt. „Da ... es gibt noch etwas, was ich dir sagen wollte." Mittlerweile sind wir einmal quer durch die Reihenhaussiedlung gelaufen und stehen wieder in Dietrichs Garten.
„Ja?" Unsere Gesichter sind sich ganz nah, unser Atem zeichnet Kringel in die Nacht, als könnten wir sie gegenseitig einsaugen.

Yannis, puckert es in meinem Herz los, Yannis, klar, ich bin
immer nur in Yannis verliebt gewesen, in niemanden sonst,
ich wusste es bisher nur nicht. Und er? Was ist mit ihm?
Bedeute ich ihm auch mehr als nur die beste Kumpelfreundin?

„Äh ... das mit dem Knutschfleck damals ... das tut mir leid", stammelt Yannis und guckt verlegen zu Boden. „Ich hätte nicht ... ich wollte nicht ... ich meine, ich habe noch nie ..."
„Zehn, neun, acht, sieben ...", schallt es aus der Terrassentür heraus.
„Schon okay", sage ich rau. Ich schaue ihn an. Direkt in seine dunklen Augen. Sein Gesicht ist jetzt ganz dicht vor meinem. Wie es wohl wäre, ihn richtig zu küssen? So nah waren wir uns noch nie, höchstens mal im Schwimmbad beim Tunken.
„...sechs, fünf, vier, drei, zwei ..."
Das könnte der Moment für deinen ersten richtigen Kuss sein, denke ich und schließe die Augen. Ohne Knutschfleck. Im nächsten Augenblick gehen rings um uns die Böller in die Luft, Mama, Papa, Leon, Stefanie, Malte, Nicolas und all die anderen Gäste kommen aus dem Haus gelaufen und umarmen sich jubelnd.

Kein Kuss von Yannis. Trotzdem knallt mein Glücksgefühl wie eine Feuerwerksrakete durch die Silvesternacht.

Frohes neues Jahr, Sina!!!

Ich bin ich – bin ich ich?

Kurz nach den Weihnachtsferien überrascht uns Frau Tuszynski mit einer großen Neuigkeit: Nach Ostern soll die ganze Klasse zwei Wochen lang Frühjahrs-Praktikum machen! Und wer von den Mädchen mag, kann am Girls Day teilnehmen.

> Girls Day ist ein bundesweiter Aktionstag, der Mädchen ab der 5. Klasse für technische und wissenschaftliche Berufe motivieren soll. Unternehmen aus Industrie und Wirtschaft öffnen ihre Türen, damit Mädchen Arbeitsplätze rund um Technik, Naturwissenschaft, Informatik und Handwerk kennenlernen können und sich nicht nur einseitig an sogenannten „Frauenberufen" orientieren. Der Girls Day findet jedes Jahr Ende April statt und heißt in der Schweiz „Tochtertag". Mehr Infos unter *www.girls-day.de.*

„Typisch", meint Yannis. „Immer nur was für die Mädchen!"
„Bäh!" Ich strecke ihm die Zunge raus. Seit der Silvesternacht ist die Stimmung zwischen uns beiden so gut wie nie, vertraut und pri-

ckelig zugleich, obwohl nach dem Geböller gar nichts gelaufen ist außer dem üblichen Neujahrsgeplänkel mit Küsschen-Küsschen.
„Praktikum? Wozu denn das?" Jolina verzieht entnervt das Gesicht. „Heißt das etwa, wir sollen richtig arbeiten gehen?"
„Na, zum Geldverdienen ist das nicht gedacht", antwortet Frau Tuszynski lächelnd. „Eher zur Orientierung, damit ihr ausprobieren könnt, welcher Beruf zu euch passt."
„Aber ich weiß ja gar nicht, was ich werden will!", meint Julia. „Wo soll ich dann mein Praktikum machen?" Verzweifelt blinkert sie Nicolas an, der ihr wiederum sehnsüchtige Blicke aus seinen dunklen Augen zurückschickt. Die beiden sind echt nicht auszuhalten, sie kleben fester zusammen als Kaugummi an der Hose und können ohneeinander gar nicht mehr sein. Ich ertappe mich jetzt öfter bei dem Gedanken, dass ich ganz froh bin, nicht so einen klettig-klammernden Freund zu haben; das Thema Nicolas hat sich, was mich betrifft, in der Silvesternacht für immer erledigt.

Und seit Yannis durch mein Herz tanzt, habe ich Carlos und Thaddäus sowieso längst vergessen. Ich ertappe mich dabei, wie ich ständig und überall irgendwelche Ypsilons vor mich hin kritzele. Y + S = ♥♥♥♥♥♥

„Ist doch klar, wo ich mein Praktikum mache: In 'ner Parfümerie", ruft Juri grinsend, wofür er einen finsteren Blick aus Frau Tuszynskis geschminkten Augen erntet.
„Und ich geh zum Bäcker!", meint Marco. „Da gibt es Zimtschnecken satt, jeden Tag!"
„Na, ihr habt ja schöne Vorstellungen", unterbricht ihn Frau Tuszynski angesäuert. Gleich explodiert sie, jede Wette. „So ein

Praktikum ist nicht zum Spaß, sondern soll euch die Berufswahl erleichtern."
„Aber bis dahin dauert's doch noch", mault Jolina. „Warum denn jetzt schon?"

> Praktika geben dir einen wichtigen Einblick in mögliche spätere Berufsfelder und dienen deiner Orientierung. Nach dem Motto, nur wenn ich es ausprobiere, weiß ich, ob es wirklich zu mir passt, kannst du so herausfinden, ob du wirklich das Zeug zur Tierärztin hast oder tatsächlich in der Lage bist, acht Stunden täglich Steine zu schleppen. Mal abgesehen davon, dass du ein Gefühl dafür bekommst, was es heißt, regelmäßig arbeiten zu gehen und Verantwortung für einen Job zu übernehmen. Nach einem Praktikum kannst du sicher besser entscheiden, ob du noch länger auf der Schule bleiben oder unbedingt nach der 10. Klasse eine Lehre beginnen möchtest. Die Anzahl der Praktika und die Betreuung durch die Schule ist je nach Bundesland und Träger unterschiedlich.

Also erklärt uns Frau Tuszynski lang und breit Sinn und Zweck eines Praktikums. Danach sollen wir an der Tafel zusammentragen, welche Berufswünsche wir haben.

Beruf? Ich? Keine Ahnung! Yannis & ich? Na klar!!! ♥♥♥

Sprachlos verfolge ich, wie Juri, unser Klassenclown, jetzt aufsteht und ganz ernsthaft sagt: „Ich will Polizist werden, wie mein Vater. Und ich weiß auch schon, dass ich dort mein Praktikum mache." Ich bin beeindruckt! Der Spaßfritze vom Dienst strebt einen verantwortungsvollen Beruf an. Friederike will Physiotherapeutin werden, Melanie Chemikerin, Jolina natürlich Visagistin und Marco Zahnarzt. Als ihn alle auslachen, dass er da nur mit klapprigen Gebissen zu tun hätte, meint er ganz cool: „Egal, aber damit verdiene ich viel Geld." Woraufhin eine lautstarke Diskussion um Geld und Gehälter entfacht, die längst nicht aufhört, als es zur nächsten Stunde klingelt und Herr Asselmeyer mit Zinsrechnung loslegt. Prima Idee, auf diese Weise sein Gehalt zu verdoppeln und früh in Rente zu gehen!

Ein akademischer Abschluss bedeutet nicht automatisch ein schwindelerregend hohes Gehalt. Auch in einem Lehrberuf hast du gute Aufstiegsmöglichkeiten, vorausgesetzt, du engagierst dich und lernst gerne dazu. Folgende Zahlen geben dir ein Gefühl dafür, was dich als **Anfangsgehalt** in Euro erwartet. Je nach Abschluss, Branche und Berufserfahrung kannst du dein Gehalt vervielfachen.

Arzthelferin	1.257,–	Krankenschwester	1.258,–
Ärztin	2.300,–	Journalistin	1000,–
Bürokauffrau	1.533,–	Juristin	800,–
Erzieherin	1.201,–	Ing. Maschinenbau (BA, FH)	2.300,–
Friseurin	1.050,–	Mediendesignerin	1.150,–
Grundschullehrerin	1.222,–	Pilotin	2.600,–

Jetzt faulenze ich auf meinem Bett und frage mich die ganze Zeit: Wozu brauche ich einen Beruf? Wozu soll ich ein Praktikum machen? Was bringt mir das? Im Moment interessiert mich nämlich viel mehr, dass Milli keine Zeit mehr für mich hat, seit sie mit Marco zusammen ist. Sie hängt nur noch Händchen haltend mit ihm rum und beachtet mich nicht weiter, wahrscheinlich spekuliert sie seit heute Vormittag darauf, seine

Zahnarzthelferin zu werden. Egal nämlich, was ich vorschlage, ob Stadtbummel oder Stallbesuch, ich bekomme nur Marco, Marco, Marco zur Antwort: wie süß er aussieht, wie schön er küsst, wie lieb er ist, was er für tolle Dinge macht und wie sich seine Hand auf ihrem Busen anfühlt. Ich habe ihr gesagt, dass es mich nicht die Bohne interessiert, wie er pinkelt und wo seine Zunge überall herumflitscht. Ich finde ihr Verhalten total scheiße (mal ehrlich und unter uns!) und habe sie gebeten, sich wenigstens einen Tag in der Woche nur mit mir zu verabreden. Aber Milli will nichts davon wissen und sagt, das wäre halt so und würde an unserer Freundschaft nichts ändern. Als ob Marco ihr sämtliche Hirnzellen rausgeknutscht hätte! Na ja, eines Tages wird sie hoffentlich wieder normal sein und so wie immer mit mir durch die Gegend ziehen. Und wer weiß, vielleicht habe *ich* dann ja endlich auch einen Freund ...

Freundinnen-Tipps für Krisenzeiten

Dein beste Freundin verbringt nur noch Zeit mit ihrem Freund und will dich gar nicht mehr sehen. – Sprich sie an und erkläre ihr deine Gefühle, schlage ihr einen festen Freundinnen-Tag vor. Versuche, ihre rosaroten Gefühle zu akzeptieren, irgendwann steht sie wieder bei dir auf der Matte.

Deine beste Freundin hat einen Freund und du nicht. – Versuche, dich trotz allem mit ihr zu freuen!

Du triffst deine beste Freundin nur noch im Doppelpack und zu allem Übel kannst du den Typ nicht leiden. – Wenn deine Vorbehalte gerechtfertigt sind (weil der Typ mies ist, klaut, lügt, rumflirtet), dann öffne ihr behutsam die Augen.

Der Freund deiner besten Freundin ist eifersüchtig auf dich. – Viele Jungs haben ein Problem damit, sie sind eifersüchtig und haben Schiss, dass zu viel über sie erzählt wird. Gib dir Mühe – und ihm keinen unnötigen Grund, da muss er durch und eure Freundschaft akzeptieren.

So allmählich fühle ich mich nämlich wie die verlorene Socke in der Waschmaschine: überall nur Pärchen! Milli und Marco wollen immer nur zu zweit etwas unternehmen, Julia und Nicolas haben sich total isoliert und Kleo gibt es ohne Ambra quasi nicht. Dank ihrer Zwieback-Diät sieht sie inzwischen selbst so vertrocknet aus wie einer. Immerhin will Kleo Ernährungswissenschaften studieren, ich finde, das ist wenigstens ein gutes Zeichen, dann ist ihr die Sache mit dem Essen nicht völlig egal.

Seufzend stehe ich auf und marschiere Richtung Arbeitszimmer. Bevor ich an diesem Nachmittag endgültig vor Langeweile verschimmele, widme ich mich doch lieber diesem Berufsthema. Weil ich ausnahmsweise kein Internetverbot habe, surfe ich mich kreuz und quer durch diverse Webseiten von Handelskammer, Bundesagentur für Arbeit und Berufsgenossenschaften und finde heraus, welche Berufe es alle gibt, die mir im Traum nicht eingefallen wären.

Kreative Berufe

Zum Beispiel: Bühnenbildnerin, Barmixerin, Choreografin, Dramaturgin, Drehbuchautorin, Grafik-Designerin, Kamerafrau, Kommunikations-Designerin, Illustratorin, Modedesignerin, Parfümeurin, Regisseurin, Restauratorin, Veranstaltungstechnikerin

Medien und Kommunikation

Zum Beispiel: Callcenter-Agentin, Computeranimateurin, Computer-Fachverkäuferin, Dolmetscherin, Dokumentarin, Fotomedienlaborantin, IT-Systemelektronikerin, Informatikkauffrau, Informationswirtin, Journalistin, Mediendesignerin, Medieninformatikerin, Medienpädagogin, Moderatorin, Museologin, Netzwerk-Managerin, Software-Entwicklerin, Sprachwissenschaftlerin, Werbekauffrau

Soziale Berufe

Zum Beispiel: Logopädin, Kunsttherapeutin, Pädagogin, Pflegemanagerin, Kinderkrankenschwester, Lehrerin, medizinisch-technische Assistentin, Orthopädin, Tierärztin, Zahnärztin

Technische Berufe

Zum Beispiel: Automechanikerin, Bauzeichnerin, Bauingenieurin, Druckingenieurin, Feinwerktechnikerin, Kapitänin, Maschinenbauerin, Mechatronikerin, Produktionsingenieurin, Pyrotechnikerin, technische Zeichnerin, Wirtschaftsinformatikerin

Umwelt, Forschung und Entwicklung

Zum Beispiel: Agraringenieurin, Astronomin, Astronautin, Anthropologin, Archäologin, Chemielaborantin, Ethnologin, Forstwirtin, Geografin, Historikerin, Hydrologin, Lebensmitteltechnikerin, Meteorologin, Ökotrophologin, Politologin, Physikerin, Zoologin

Verwaltung, Recht und Wirtschaft

Zum Beispiel: Buchhändlerin, Bürokauffrau, Bibliothekarin, Event-Managerin, Luftverkehrskauffrau, Patent-Spezialistin, Rechtsanwaltsangestellte, Speditionskauffrau, Volkswirtin, Wirtschaftsjuristin

Abends schwirrt mir mein Hirn vor lauter Info-Input – aber immerhin weiß ich, dass ich eines Tages einen Beruf brauche. Ich will mir einen regelmäßigen Lebensunterhalt sichern und nicht als Sozialhilfeempfängerin enden, mal vorausgesetzt, dass ich auf dem Arbeitsmarkt überhaupt eine Chance habe. Bleibt die Frage: mit welchem Beruf? Im technischen Bereich? Oder bin ich eher der Typ Kinderkrankenschwester? Etwas mit Forschung, wo ich doch als Mathe-Genie gelte? Oder doch lieber im kreativen Bereich, wie mir so ein Test rät?!

Test: Welcher Beruf passt zu mir?

Wenn du überhaupt keine Idee hast, welcher Beruf zu dir passen könnte, helfen dir folgende Fragen, Klarheit über deine Neigungen und Fähigkeiten zu erlangen und das Berufsfeld enger einzugrenzen:

In welcher Umgebung bist du gerne?

- draußen an der frischen Luft
- lieber drinnen
- eher trubelig
- eher ruhig
- cool & nüchtern
- gemütlich & behaglich

Wie sollten die Menschen um dich sein?

- ich möchte lieber alleine arbeiten
- im festen Team
- möglichst nah
- lieber auf Distanz
- gleich gesinnt
- unterschiedliche Menschen
- werteorientierte Sinnsucher
- dynamische Businessleute

Wie sollte deine Tätigkeit aussehen?

- abwechslungsreich & spontan
- langfristig & tiefgründig
- lieber was machen = „Hand“arbeit
- lieber was denken = „Kopf“arbeit

- nüchtern mit Zahlen, Daten, Fakten
- kreativ mit Konzepten, Ideen
- flexibler Tagesablauf
- verlässliche Tagesplanung
- schreiben
- reden
- zeichnen
- bauen
- gestalten
- verkaufen
- mit Computer & Medien
- ohne „Flimmerkiste“

Wo willst du mal hin, soweit du das heute schon weißt?

- selbstständig arbeiten
- Mitarbeiterin eines großen Unternehmens
- Expertin
- Teamleiterin
- Chefin
- Arbeit und Familie vereinbaren
- Karriere pur
- bekannt & berühmt
- gutes & ruhiges Leben

Was fällt dir leicht?

- etwas aufs Wesentliche reduzieren
- kleine Revolutionen ausdenken
- Regeln einhalten
- Umsetzen von Bewährtem
- in neue Dinge einarbeiten
- Ideen zusammenführen
- Daten analysieren
- dekorieren

Welche Talente hast du noch? Wofür hast du ein „Händchen“?

- singen, tanzen, musizieren
- grüner Daumen
- Bastelkönigin
- tollste Partys organisieren
- gemütliche Teezeremonie zelebrieren
- Gruppen zusammenbringen
- Tiere
- supersportlich
- gut erklären
- Kinder
- alte Menschen

Auswertung:
Um Klarheit zu erlangen, formuliere aus deinen angekreuzten Antworten vollständige Sätze, zum Beispiel: „Ich bin gerne draußen an der Luft und möchte gerne in einem festen Team arbeiten." Oder: „Ich brauche eine verlässliche Tagesplanung." Oder: „Ich würde am liebsten alleine und nur mit Zahlen arbeiten."

Während des Abendessens habe ich eine nette Diskussion über Beruf und Berufswahl mit meinem Vater. Er schlägt mir sofort vor, mein Praktikum in seiner Maschinenbaufirma zu machen.
„Bei dir?", frage ich entsetzt. Ein Tag mit meinem peniblen Papa im Büro, das wäre ja entsetzlich.
„Nein, in unserer Marketingabteilung", meint Papa grinsend, während er nach einem Radieschen angelt. „Da lernst du, was alles zur Visitenkarte eines Unternehmens gehört."
„Werde doch Knochendoktor wie Onkel Ösi", meint Leon, der das Wort Orthopäde noch nicht kennt.
„Igitt, den ganzen Tag Füße?" Angeekelt verziehe ich das Gesicht.
„Das ist ein sehr interessanter Beruf", meint Mama und sie als Ex-Zahnarzthelferin muss es ja schließlich wissen. „Da hilfst du anderen Menschen ..."
„Nee, lass mal gut sein!" Energisch schüttele ich den Kopf. „Was mit Helfen ist nicht so mein Ding."
„Klar, das wissen wir." Papa grinst sich einen ab.
Glücklicherweise geht Mama nicht weiter darauf ein. „Frag doch mal Stefanie. Sie als Innenarchitektin kann dir sicher jede Menge über ihren interessanten Beruf erzählen."
„Das ist eine gute Idee", meint Papa und verteilt jetzt akribisch,

wie es nun mal seine Art ist, Kresse auf seinem Butterbrot. „Das macht dir bestimmt Spaß, Wohnungen einzurichten. Wo doch in deinem Zimmer so eine kreative Unordnung herrscht ...“
„Bäh!“ Ich strecke meinem Vater die Zunge raus. Was ist denn mit dem heute Abend los? Hat der eine Gehaltserhöhung erhalten oder was?
„Und was ist mit Tante Irene?“, macht Mama weiter. „Sie ist doch Haushaltshilfe bei diesen Rechtsanwälten. Vielleicht ...“
„Mama!“, unterbreche ich sie fassungslos, während Papa laut loslacht und dabei die Kresse von seinem Brot pustet.
„Aber Putzfrauen verdienen viel Geld“, mischt sich Leon jetzt ein, der die ganze Zeit über schweigend an seiner Fleischwurst rumgenagt hat. „Echt, das weiß ich, die bei uns in der Schule ...“
„Ich will aber keine Putzfrau werden“, erwidere ich energisch. „Und auch nicht Arzthelferin oder Architektin. Ich möchte gerne etwas ... na ja ... etwas Praktisches eben machen.“
„Gute Idee, Sina“, sagt Papa kauend. „Und was ist etwas Praktisches?“
„Na ja, etwas Kreatives halt.“ Schließlich habe ich heute Mittag in diversen Traumberuf-Tests herausgefunden, dass ich eine kreative Ader habe. Aber was ist kreativ?!

Das Thema Praktikum hat unsere Klasse die nächsten Wochen voll im Griff. Aber bevor wir dazu kommen, sämtliche Geschäfte und Firmen in der Nähe abzuklappern, stehen uns erst mal die Halbjahreszeugnisse bevor. Wie befürchtet, kassiere ich in Französisch eine fette Fünf, da konnte auch Mme Legrand nichts machen. Erstens war ich nur einmal zur Nachhilfe bei ihr und zweitens habe ich kein Wort von passé composé & Co.

mitbekommen, weil Julia bei Nicolas zu Besuch war und aus seinem Zimmer die ganze Zeit über nur Geraschel und Geräusper zu hören war. Wie soll da denn einer unregelmäßige Verben konjugieren?! Dafür habe ich in Mathe und Sport wie immer eine Eins, die anderen Noten sind so lala.

„Kommst du mit zu Antonio, Zeugnisse feiern?“, fragt mich Milli nach dem Unterricht. „Irgendwie ist es schade, dass wir uns in letzter Zeit so wenig sehen!“

Was du nicht sagst, denke ich, willige aber dankbar ein, auch wenn ich genau weiß: Das macht sie nur, weil Marco heute krank ist. Das Eiscafé ist gerammelt voll, weil natürlich sämtliche Schüler und Schülerinnen ihre Zeugnisse mit einem Baci-Baci-Schokobecher feiern.

„Hier könnten wir doch auch unser Praktikum machen, oder?“, meint Milli und deutet mit dem Sahnelöffel Richtung Tresen, wo der alte Antonio glückstrahlend eine Eistüte nach der anderen befüllt.

„Du meinst, wir beide?“ Vor Freude macht mein Herz einen kleinen Hüpfer. Zwei Wochen lang gemeinsam mit Milli bei den netten Antonios Eis verkaufen, das wäre die Idee.

„Na ja, Marco will ja nicht“, antwortet sie und aus dem Freudenhüpfer wird jetzt ein schwerer Stein. Täusche ich mich oder hat Milli tatsächlich Tränen in den Augen?

„Weißt du ...“, beginnt sie zaghaft. „Irgendwie ist er seit dieser Praktikumssache so verbissen. Er will tatsächlich Zahnarzt werden und behauptet, dass ich ihn dabei stören würde.“

„So ein Quatsch!“, empöre ich mich so laut, dass sich alle nach mir umdrehen. „Was hat sein Berufswunsch denn mit dir zu tun?“, füge ich leiser hinzu.

„Das habe ich ihm auch gesagt, aber er hat nur mit den Schultern gezuckt und gemeint, dass wir uns in Zukunft seltener sehen, weil er lernen muss."
„Dabei kannst du ihm doch helfen!", wundere ich mich.
„Logo, aber das will er nicht." Seufzend löffelt Milli ihren Schokobecher leer.
„Versteh einer die Männer!" Grinsend rempele ich ihr den Ellenbogen in die Seite. In diesem Moment kommt Julia an unseren Tisch. Sie sieht total verheult aus.
„Darf ich mich zu euch setzen?", fragt sie schüchtern und sitzt schon auf dem Metallstuhl. Milli und ich nicken erstaunt.
„Was ist denn passiert?", frage ich neugierig. „Ist was mit deinem Zeugnis? Hast du Stress mit deinen Eltern?"
„Ach, wenn es das nur wäre." Julia winkt ab. „Nee, viel schlimmer. Nicolas ..." Sie wischt sich die Tränen aus dem Auge.
„Sag bloß, er hat Schluss gemacht!", fragt Milli ehrlich besorgt.
„Quatsch!", antwortet Julia traurig. „Sie ziehen wahrscheinlich wieder weg. Zurück nach Paris, weil seine Mutter in Deutschland unter Dauermigräne leidet."
„Und wann?" Vor Schreck vergesse ich, dass es mir ja eigentlich egal sein kann.
„Spätestens im Sommer", schluchzt Julia los.

Tausend Gedanken jagen mir durch den Kopf.
Vielleicht bekomme ich einen Abschiedskuss von ihm.
Ich werde Nicolas nie wiedersehen. Das hat Julia nun davon.
Auf der anderen Seite sind die beiden DAS Liebespaar
schlechthin, so eng und hingebungsvoll, wie sie
miteinander umgehen.

Wie Julia jetzt so untröstlich vor mir sitzt, tut sie mir aufrichtig leid. „Hey, das ist doch noch gaaanz lange hin", versuche ich sie zu trösten. Vergessen ist sämtlicher Julia-Groll und ihre Knutschfleck-Attacke, hier sitzt eine Freundin, die furchtbar traurig ist und meine Hilfe braucht. Ich lege tröstend meinen Arm um ihre Schulter.

„Außerdem ist Paris gar nicht so weit weg", macht Milli weiter. „Sechs Stunden mit dem Zug von hier, wenn ich mich nicht irre. Und SMS und E-Mail gibt es ja auch noch ..."

„Und die Ferien, ich weiß." Julia schnäuzt energisch in ihr Taschentuch. „Ihr seid süß." Dankbar lächelt sie uns unter Tränen an.

Eine Weile schweigen wir vor uns hin. Antonio der Mittlere kommt an unseren Tisch und fragt, ob er uns noch etwas bringen kann.

„Ein Schoko-Shake mit viel Sahne", bestellt Julia. „Wollt ihr auch noch eins? Ich lade euch ein ..."

Erstaunt nicke ich, während Milli abwehrend die Hände hebt. „Nee, danke, ich will heute noch zum Training."

„Hä, was ist denn mit dir los? Machst du jetzt doch wieder mit?", wundere ich mich und lächele Antonio extrasüß an, der unsere Bestellung eintippt. Er ist zwar viel zu alt für mich, aber mit ihm zu flirten macht trotzdem Spaß. Ganz anders als mit seinem Sohn Antonio, der bei uns in die Klasse geht und sich so gar nicht für Mädchen interessiert – weshalb ihm Marco und Sebastian den Spitznamen „Softeis" verpasst haben.

„Klar, wir können die Leineweber doch nicht so hängen lassen", meint Milli. „Außerdem will ich sie fragen, ob ich im Sportkindergarten Praktikum machen kann. Schließlich ist sie die Leiterin dort."

„Kindergarten, Eiscafé, kannst du dich vielleicht mal entscheiden?“, maule ich. „Am Ende gehst du noch zur alten Frau Dingeldein in die Apotheke und verkaufst Rheumasalbe.“
„Ich mache mein Praktikum bei *Patrizia*“, mischt sich Julia ein. „Ashley war damals auch da ...“
„Willst du etwa Verkäuferin werden?“, wundert sich Milli. „Und von morgens bis abends im Laden unter Neonröhren stehen?“
„Was gibt es Schöneres, als hübsche Dessous zu verkaufen?“, antwortet Julia. „Feine Spitze, fließende Seide ... du hast ja keine Ahnung.“
„Nee, habe ich nicht“, sagt Milli ehrlich. „Aber du musst ja glücklich damit werden.“ Und damit ist das Thema für sie erledigt.
Für mich nicht, denn ich weiß immer noch nicht, wo ich mein Praktikum machen soll. Nur eins weiß ich ganz genau: Rotznasen putzen oder Krams verkaufen, ob Schmerzmittel oder Spitzenbody, ist nicht mein Ding. Andererseits ist so ein Geschäft keine schlechte Anlaufstelle für einen Probejob.

> Eine gute Anlaufstelle sind die Geschäfte in deiner Umgebung, wo man dich vielleicht auch schon kennt: Blumenladen, Bäckerei, Fotogeschäft, Lebensmittelladen ... oder frag deinen Zahnarzt, bei der Sparkasse, auf der Post. Viele Geschäfte sind längst auf Schülerpraktika eingestellt, an eurer Schule gibt es sicherlich auch ein entsprechendes Verzeichnis.

Der Zufall will es, dass mir auf dem Heimweg ein großes Plexiglas-Schild an einem futuristischen Gebäude in die Augen springt: V.I.T.A.E.R.K.-Werbeagentur. Plötzlich weiß ich, was ich zu tun habe.

Doch als ich zu Hause bin, weiß ich es wieder nicht. Soll ich einfach anrufen? Eine Bewerbung schreiben? Seufzend stelle ich meinen Rucksack ab.

„Kleo hat angerufen“, begrüßt mich Mama. Und statt eines Kommentars, als ich ihr mein Zeugnis unter die Nase halte, fügt sie hinzu: „Scheint dringend zu sein, du sollst sie ganz schnell zurückrufen.“

Also eile ich ans Telefon. Kleo hat seit Ewigkeiten nicht mehr bei mir angerufen, da muss wirklich etwas passiert sein. Bitte, bitte nicht irgendwas mit Ambra. Doch meine Sorge ist unbegründet, wie ich erleichtert feststelle, als Kleo sofort ihrem Ärger Luft macht.

„Stell dir vor, meine Mutter hat einfach in dieser Metzgerei angerufen und einen Praktikumsplatz für mich ausgemacht“, ruft sie empört ins Telefon. „Aber ich geh da nicht hin. Niemals.“ Selbst durch die Leitung höre ich sie vor Wut beben.

„Hey, Kleo, krieg dich wieder ein, das hat sie doch nur gut gemeint“, versuche ich sie zu beruhigen.

„Von wegen. Das war pure Absicht. Weil sie nicht akzeptieren kann, dass ich kein Fleisch mehr esse“, schnaubt sie.

Insgeheim verfluche ich Frau Kleinschmidt zum millionsten Mal. So bekommt sie Kleos Zwieback-Tick nie in den Griff. Hat sie wirklich gedacht, sie kann Kleo mit Hackfleisch, Bierwurst und Schwartenmagen von einer normalen Ernährung überzeugen? Bevor ich noch etwas sagen kann, macht Kleo weiter:

„Aber ich werde mir meinen eigenen Praktikumsplatz suchen, ich habe mich bereits erkundigt. Bei BioNatura bieten sie was im Forschungszentrum an.“ Sie holt tief Luft. „Und in den Ferien jobbe ich dort, damit ich so bald wie möglich von zu Hause ausziehen kann."

Wie Kleo das sagt, glaube ich ihr aufs Wort. Mich würde nur interessieren, wie sie das alles herausgefunden hat. Und wie man sich für so ein Praktikum richtig bewirbt. Und vor allem: was ihre Mutter dazu sagt.

„Wollen wir heute Nachmittag gemeinsam mit Ambra spazieren gehen?", schlage ich vor. „Das haben wir lange nicht mehr gemacht."

„Gib dir keine Mühe", sagt Kleo harsch. „Du brauchst dich nicht um mich zu kümmern, ich komme schon klar."

Noch bevor ich etwas erwidern kann, hat sie aufgelegt. Äh, Moment mal, so war das doch gar nicht gemeint! Ratlos starre ich in den Hörer.

„Probleme?", fragt mich Mama. „Mit Kleo stimmt was nicht, oder?"

Ich zucke ratlos mit den Schultern, was soll ich auch sagen. Mama kann Frau Kleinschmidts Getue sowieso nicht ab, ich verspüre keine Lust, mir einmal mehr Mamas Lästereien über sie anzuhören. Viel mehr interessiert mich, wie ich am besten bei dieser Werbeagentur vorstellig werde. Soll ich mich telefonisch bewerben? Persönlich vorbeischneien? Oder einfach eine Bewerbung schreiben? Weil ich heute meinen Telefoniertag habe, lasse ich mir kurzerhand die Nummer von der Auskunft heraussuchen und weiß zwei Minuten später von der freundlichen Dame bei V.I.T.A.E.R.K., dass ich am besten eine schriftliche Bewerbung mit „aussagefähigen Unterlagen" rausschicke. Und weil sich das so richtig wichtig anhört, setze ich mich auch sofort hin.

Die Bewerbung

Für ein Praktikum und auch für viele Jobs, die über Kellnern oder Zettelaustragen hinausgehen, erwarten Firmen eine schriftliche Bewerbung von dir. Am Telefon kannst du über das Sekretariat herausfinden, wer dein Ansprechpartner für dein Anliegen ist. Das gilt nicht für den kleinen Laden um die Ecke, wo man dich sowieso schon kennt. Hier stellst du dich für ein Praktikum lieber in einem persönlichen Gespräch vor. In eine schriftliche Bewerbung gehören:

- das Anschreiben
- dein Lebenslauf mit Porträtaufnahme
- aktuelle Zeugnisse
- Nachweise über Weiterbildung (Sprachferien, Computer-AG etc.)

Mach dir klar: Diese Unterlage entscheidet darüber, ob du zum Gespräch eingeladen wirst. Gestalte sie also so, dass du anderen Lust machst, dich kennenzulernen: Im Anschreiben nimmst du Bezug auf das Unternehmen und die Stelle. Fett gedruckt schreibst du ganz oben den Betreff („Bewerbung für ein Praktikum" oder „Stellenanzeige 12345"). Nach einer förmlichen Anrede („Sehr geehrte Frau Meier", „Sehr geehrte Damen und Herren") stellst du dich kurz vor („Mein Name ist Sina Rosenmüller, ich bin 13 Jahre und möchte in vier Jahren mein Abitur machen"). Mache deutlich, wie das Unternehmen und du zusammengehören („Ich interessiere mich für kreatives Gestalten, habe ein gutes Zahlenverständnis und arbeite gerne mit Menschen. Daher bewerbe ich mich für einen Praktikumsplatz als Mediengestalterin").

Du beendest das **Anschreiben** mit einem zuversichtlichen Ton („Ich freue mich auf ein persönliches Gespräch, mit freundlichen Grüßen") und unterschreibst mit der Hand. Achtung: Formuliere um, wähle das Wesentliche aus, damit dein Anschreiben maximal eine Seite lang ist.

Der **Lebenslauf** enthält Angaben zu dir (Name, Adresse, Eltern, Schulausbildung, Weiterbildungen) und ein aktuelles Porträtfoto (meist rechts oben aufgeklebt/eingefügt). Üblicherweise wird er tabellarisch erwartet, nicht als Prosatext. Er wird mit aktuellem Datum versehen und von dir unterschrieben: Übersichtlich, schnell erfassbar und lückenlos muss er sein. Von deinen letzten beiden Schulzeugnissen und Nachweisen über Weiterbildungen machst du gute Kopien (kein zu dünnes Papier!).

Lebenslauf, Kopien der Zeugnisse und anderer Nachweise packst du in dieser Reihenfolge in einen guten Schnellhefter oder eine Bewerbungsmappe (Achtung: Die sind teuer und manche Unternehmen möchten die nicht!). Dein Anschreiben legst du obenauf. Du verschickst alles in einem DIN-A4-Umschlag.

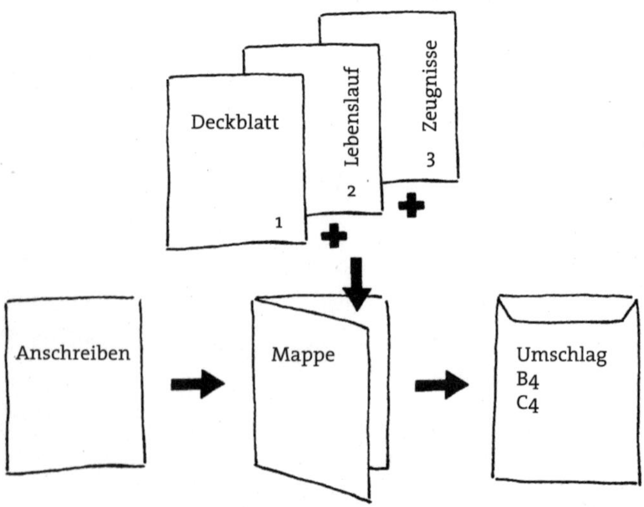

Den ganzen Nachmittag über sitze ich an Papas Computer im Arbeitszimmer und schreibe meine Bewerbung zusammen, sehr ordentlich, sehr übersichtlich. Ich suche einen neuen Schnellhefter heraus, doch beim Lochen verknistert mir das Papier, also muss ich noch mal alles ausdrucken. Dann plötzlich kommt mir mein Anschreiben zu nüchtern vor, weshalb ich mir Leons dicke Filzmarker borge und die Seiten mit ein paar Schnörkeln und kühnen Strichen verziere. Hhm, ist das jetzt kreativ genug für V.I.T.A.E.R.K.? Bevor ich weiter darüber nachdenken kann, stecke ich die Mappe schnell in einen Umschlag, Adresse und Briefmarke drauf, fertig. Eine Woche später habe ich tatsächlich eine Einladung für ein Bewerbungsgespräch.

Praktikum ist gar nicht dumm

Drei Tage vor dem Bewerbungsgespräch bin ich schrecklich aufgeregt. Was wollen die von mir wissen? Was soll ich denen sagen? Wie kam ich überhaupt auf die Idee, ausgerechnet in einer Werbeagentur mein Praktikum machen zu wollen, wo ich doch eigentlich viel besser mit Zahlen umgehen kann? Mama ist total ausgerastet und meinte, ich sollte lieber etwas Ordentliches lernen anstatt am Computer mit bunten Bildchen herumzuspielen. Da hat mich Papa ausnahmsweise in Schutz genommen. „Mediengestalterin ist ein Job mit Zukunft, Andrea", hat er gesagt und mir wohlwollend zugenickt, „ich finde es ganz richtig, wenn Sina sich in diese Richtung orientiert. Außerdem", und dabei hat er mir verschmitzt zugezwinkert, „wissen wir ja auch gar nicht, ob Sina dabei bleibt. Vielleicht will sie ja doch lieber an die Uni und studieren ..." Woraufhin Mama völlig ausgetickt ist. „Was brauche ich eine studierte Tochter!", hat sie geschrien und ihre Tasse klirrend auf die Tischplatte gedonnert. „Ich habe auch nicht studiert – und? Ist das weniger wert?! Kinderkriegen und Wäschewaschen geht auch ohne Studium. Mach eine vernünftige Lehre, da verdienst du wenigstens Geld." Völlig außer sich ist sie in die Küche gestürmt, und als ich ihr ein „Mama, es geht um MEINE Zukunft, die lass ich mir nicht von dir verbauen" hinterhergebrüllt habe, ist sie durch die Gegend getitscht wie ein löchriger Luftballon. Als Papa versuchte, sie zu beschwichtigen, hat sie ihm einfach die Tür vor der Nase zugeknallt. Völlig verdattert habe ich die Diskussion meiner Eltern verfolgt – und nicht verstanden. Mama ist schließlich freiwillig nach Leons Geburt zu Hause geblieben und wollte gar nicht mehr in ihren alten Beruf zurück. „Ihr seid Job genug", pflegte sie in den letzten Jahren immer zu sagen. „Da habe ich keine Nerven mehr, für andere zu arbeiten."

Papa guckte etwas verdutzt aus der Wäsche. Ich habe es vorgezogen zu schweigen und mir meinen Teil gedacht. Als ich so klein war wie Leon, ist Mama ständig arbeiten gewesen, Teilzeit bei ihrem Zahnarzt und ich war in der Krippe, im Kindergarten und bei Oma Doris, was ich immer ganz prima gefunden habe, und Paul und Papa waren ja auch noch da. Zumindest könnte ich nicht sagen, dass ich irgendwelche Schäden davongetragen habe.

Das Thema arbeitende Mütter ist brandheiß und wird je nach Standpunkt leidenschaftlich diskutiert. Weitläufig hält sich die Meinung, dass die Mutter die erste und wichtigste Bezugsperson für Kleinkinder sei. Wissenschaftler haben inzwischen bewiesen, dass Kinder mehrere FESTE Bezugspersonen und ausreichend emotionale Zuwendung brauchen, damit sie sich zu stabilen und gesunden Menschen entwickeln. Ob das nur die Mutter oder nur der Vater ist oder im besten Fall natürlich beide, ob das eine liebevolle Tagesmutter oder ein tolle Erzieherin im Hort sein kann, lässt sich nicht festschreiben. Meistens wird es jungen Müttern nicht leicht gemacht, nach der Geburt ihres Kindes wieder arbeiten zu gehen. Weil ein (bezahlbarer) Betreuungsplatz für ihr Kind fehlt, weil Arbeitgeber sich ungern auf ein Teilzeitmodell einlassen, weil es gesellschaftlich immer noch nicht wirklich anerkannt ist. Durch die in Deutschland zwischenzeitlich eingeführte Elternzeit sollen auch Väter zum Zuhausebleiben motiviert werden, was zunehmend auch genutzt wird – auch wenn sich dadurch ein Karriereknick feststellen lässt, sowohl bei Männern als auch bei Frauen. Fakt ist: Kinder sind eine große Bereicherung im Leben, ebenso wie ein Job, der dich mit Zufriedenheit erfüllt. Und mit Willen und Leidenschaft bekommst du beides ganz bestimmt geregelt.

Als ich Milli nach Tipps für das Vorstellungsgespräch frage, lacht sie mich einfach aus. „Für ein Praktikum? Also, ich bin da einfach hingelatscht, habe gefragt, ob die mich im Sportkindergarten nehmen, und das war's!" Die Glückliche! Kleo dagegen erzählt mir, dass sie sich im Vorfeld sehr gründlich über die Firma informiert und sich ein paar Fragen überlegt hat. „Guck doch mal im Internet nach", empfiehlt sie mir, „das habe ich auch gemacht." Mit Erfolg, wie sie stolz erzählt.
Alle in meiner Klasse haben jetzt einen Praktikumsplatz: Juri tatsächlich wie angekündigt bei der Polizei, Jolina in einem Wellness-Studio und Julia geht tatsächlich zu *Patrizia* Dessous verkaufen, „weil die Wäsche so sinnlich und die Tüten so schön sind". Yannis macht ein Praktikum bei seinem Vater im Bauingenieurbüro, was ich mir ziemlich öde vorstelle, auch wenn

ich mich sonst für Zahlen und technische Zusammenhänge interessiere. Weshalb ich auch dankend abgelehnt habe, als er mich fragte, ob ich nicht mitmachen wollte.

„Wie süß von ihm", hat Julia gesagt und grinsend mit ihrer goldenen Herzkette gespielt. „Willst du ihn nicht endlich einmal richtig küssen?"

„Blöde Kuh!", habe ich sie angefunkelt, mich aber insgeheim gefragt, warum ich Yannis trotz unserer vielversprechenden Silvesternacht so selten treffe. In der Schule hängt er zwar ständig in meiner Nähe rum, aber so richtig verabredet haben wir uns nicht.

Warum kann mich Yannis nicht mal wie andere Jungs zu einem Baci-Baci-Eisbecher bei Antonio einladen? Das wäre doch mal eine Geste, oder? Aber wir sind echt wie ein altes Ehepaar, das sich nicht mehr viel zu sagen hat. Dabei habe ich so unendlich viel auf dem Herzen, worüber ich gerne mit Yannis reden möchte. Zum Beispiel, WARUM eigentlich er mir damals diesen Knutschfleck verpasst hat, anstatt mich richtig zu küssen.

Aber das Thema Praktikum hat mich so in Beschlag genommen, dass ich überhaupt keine Zeit habe, über meine Gefühle nachzudenken. Denn im Moment interessiert mich nur eins: Wie überlebe ich dieses Bewerbungsgespräch?

Das Bewerbungsgespräch

Die einzige Frage hinter dem Bewerbungsgespräch ist diese: Passt du, so wie du bist, in diese Firma? (Und umgekehrt für dich die Klarheit: Werde ich in dieser Firma wohl glücklich?) Auch wenn es sich „nur" um ein Praktikum handelt, nutze die Gelegenheit, nimm es ernst. Eines Tages kommt es darauf an und dann ist es gut, wenn du weißt, was dich erwartet. Nach einer kurzen, lockeren Vorstellungsrunde erhältst du die Gelegenheit, dich vorzustellen. Mache das am besten anhand deines Lebenslaufs, den du ruhig ein bisschen ausschmücken darfst. Überlege dir schon vorher, was du sagst! (Fünf in Französisch? – Ist nicht meine Stärke, aber ich nehme Nachhilfe und werde besser.) An dieser Stelle will dein künftiger Chef auch einiges über deine (sozialen) Kompetenzen wissen. Antworte hier stets ehrlich und erzähle keine Geschichten. Wenn du etwas nicht weißt, gib es offen zu, nach dem Motto: Das kann ich noch alles lernen. Auf diese Fragen solltest du vorbereitet sein:

- Beschreiben Sie kurz Ihren Lebenslauf mit eigenen Worten.
- Wie kommen Sie mit Ihren Mitschülern zurecht?
- Warum ist Ihre Note in Deutsch/Französisch/Mathe ... nur ausreichend?
- Was erwarten Sie von Ihrem Wunschberuf?
- Wo haben Sie sich über unser Unternehmen informiert?
- Welche Hobbys haben Sie?
- Weshalb sollten wir uns ausgerechnet für Sie entscheiden?

Mach dir unbedingt klar, dass zu jeder Antwort, die du gibst („Mein Hobby ist Lesen") Nachfragen kommen können („Welches Buch lesen Sie gerade?"). Wenn du dann nicht antworten kannst („Och, das ist so ein Fantasy-Buch ..."), machst du fette Minuspunkte. Also – Schokoseiten darstellen ist erlaubt, aber bleib bei der Wahrheit!

Und dann stehe ich vor dem gigantischen Portal der V.I.T.A.E.R.K.-Werbeagentur. Als ich die Klingel drücken will, verlässt mich mein Mut. Ist das nicht 'ne Nummer zu groß für mich? Immerhin machen die bundesweit Werbung für die großen Konzerne: Telekom, Coca-Cola, Deutsche Bank, Deutsche Bahn ... was will ich hier?

Mach dir den Affen: Kennst du die archaische Geste der Gorillas, die sich auf die Brust klopfen? Sie stimulieren instinktiv ihre Thymusdrüse, die ebenfalls bei uns Menschen für Steigerung des Selbstbewusstseins sorgt und die Selbstheilungskräfte des Körpers aktiviert. Die Thymusdrüse liegt im oberen Bereich deines Brustbeins und du solltest sie solange leicht beklopfen, wie es dir guttut, mal links, mal rechts daneben. Danach die ganze Handfläche auflegen und noch einmal kurz der Berührung nachspüren. Du bist stark!

„Ach, da ist ja die Kleine." Plötzlich finde ich mich vor einem futuristischen Glastresen wieder, hinter dem eine schwarz gekleidete Tussi mit rot geschminkten Lippen sitzt. „Willkommen bei V.I.T.A.E.R.K.", begrüßt sie mich säuselnd. „Ich bin Laura. Du musst Sina sein?! Phil erwartet dich bereits ..."
„Bin ich zu spät?", frage ich erschrocken. Insgeheim registriere ich ihren Mini-Mini-Rock mit den Overknees in roten Stilettos.

Da bin ich mit meinem auberginefarbenen Samtkleid ja wohl etwas falsch angezogen. Blöd, warum habe ich nicht daran gedacht, mich vorher über den Dresscode in Werbeagenturen zu informieren?

Die Wirkung eines Menschen hängt erst mal von seinem Äußeren ab und da spielt Kleidung eine große Rolle. Auch wenn du stilmäßig noch nicht so festgelegt bist, solltest du dich darauf einstellen, dass in bestimmten Berufen ein bestimmter Kleidungsstil erwartet wird. Dass du dich auf den jeweiligen Dresscode einlässt, zeigt deinem Gegenüber, dass dir dein Job wichtig ist. Wenn du dir nicht sicher bist, welche Kleidung dein künftiger Arbeitgeber wünscht, hilft dir die folgende Liste. Oder frage bei der Sekretärin nach. Als Faustregel gilt: Wer unangenehm auffällt, ist falsch angezogen. Ganz wichtig: Sauber und ordentlich muss es sein – und du musst dich in den Klamotten auch wohlfühlen!

Feuerwehr, Polizei, Krankenhaus etc.: Hier wird vom Arbeitgeber bestimmte Berufsbekleidung bzw. Uniform gestellt.

Bank, Büro etc.: Seriöse Kleidung bis hin zu Kostüm und Hosenanzug, geschlossene Schuhe und kein tiefes Dekolleté.

Verkäuferin: Dem Geschäft angemessenes Outfit, also zum Beispiel stylish in einer Boutique, sauber und ordentlich beim Bäcker, natürlich-sportlich beim Floristen.

Werbeagentur, künstlerische Berufe: Von Dunkelschwarz bis Stylish, hier pflegt jeder seinen Stil. Am besten nimmst du deinen eigenen!

„Süß, dein Kleid!“, meint Laura jetzt und mustert mich von oben bis unten. „Von Kenzo?! Komm, ich bringe dich zu Phil.“

Ich habe keine Ahnung, wer Kenzo ist und wie sie das meint, und halte lieber meinen Mund. Ich folge ihr in den gläsernen Aufzug, wo sie mit ihrem rot lackierten Zeigefingernagel die Taste vom sechsten Stock drückt. Wir schweben nach oben und noch bevor mir flau im Bauch werden kann – Aufregung? Höhenangst? –, öffnet sich die Fahrstuhltür und wir stehen in einem gigantisch großen Penthouse-Büro.

„Phil, ich bringe dir unsere Kleine“, schiebt mich Laura jetzt vor seinen Schreibtisch. „Sei schön lieb zu ihr, hörst du!“

Äh, Moment mal?! Was geht denn hier ab? Verdattert lasse ich mich von ihr auf einen Supersize-Lederstuhl schieben. Laura beugt sich noch mal extratief über den Schreibtisch und legt Phil einen Stapel Zeitschriften hin. „Die Anzeigen-Belege“, haucht sie in sein linkes Ohr. Kurz darauf stöckelt sie wieder in den Fahrstuhl und ist verschwunden. Und ich sitze in meinem peinlichen Samtkleid vor einem Typ Marke Supermacker, der sich nicht die Bohne für mich interessiert. Erst klickt er noch ein paar Mal mit seiner Funk-Maus irgendwas auf seinem 30-Zoll-TFT-Cinema-Display herum, dann blättert er wichtig in einem silbernen Folder. Ich versuche, nicht nervös auf meinem Stuhl hin und her zu wippen.

Schließlich fragt er mich: „Du willst also ein Praktikum bei uns machen, soso.“ Seine strahlend blauen Augen schauen mich durch eine schwarze Nickelbrille durchdringend an. „Kannst du Photoshop?“

„Äh, nein. Was ist denn das?“ Auf alle Fragen bin ich vorbereitet, ich kann ihm alles über meine Kenntnisse und persönlichen Interessen erzählen, wofür ich mich engagiere, was seine Werbeagentur macht und weshalb ich in den Beruf der Me-

diengestalterin reinschnuppern möchte. Aber doch nicht darauf. Mal abgesehen davon, dass ich gar nicht weiß, was Photoshoppen bedeutet. „Aber ich kann es ja lernen!", fällt mir gerade noch rechtzeitig ein zu sagen, woraufhin der Typ sich eins abgrinst und auf seinem Telefondisplay herumtippt.
„Laura", ruft er begeistert mit seiner samtigen Stimme in das Mikro hinein, während er mir charmant zuzwinkert. „Die Kleine fängt bei uns an."
In diesem Moment blinkt auch bei mir eine Taste auf, und zwar knallrot und leuchtend.

ICH BIN HIER FALSCH! Was will ich hier?

Mag ja sein, dass ich kreativ bin, aber für eine V.I.T.A.E.R.K.-Werbeagentur mit Empfangsbunnys sicher nicht kreativ genug. Ich bringe noch ein höfliches „Danke schön, aber ich glaube, Ihre Vorstellungen und meine passen leider nicht zusammen" hervor und schon wirbele ich aus der Tür, die Feuertreppe hinunter, immer zwei Stufen auf einmal nehmend. Nichts wie raus hier!

„Und der hat dich wirklich die ganze Zeit Kleine genannt?" Milli saugt empört ihr Schoko-Shake leer. Sie ist mal wieder ohne Marco unterwegs, was sie aber inzwischen ganz okay findet, wie sie selber sagt. „Der wollte auch schon ein bisschen mehr als nur küssen", hat sie mir mit einem verlegenen Lächeln anvertraut. „Da ist es ganz gut, wenn ein bisschen Abstand zwischen uns ist." Keine Ahnung, wie sie das genau meint. Ich für meinen Teil bin völlig durcheinander. Erstens weil dieser blöde

Agenturchef mich total verunsichert hat und zweitens weil Yannis mir zum Valentinstag ein superniedliches Plüschhäschen geschenkt hat, das mich jetzt ständig überallhin begleitet.

Der 14. Februar gilt als Tag der Liebenden. Das Brauchtum vom Valentinstag geht auf den heiligen Valentin von Terni zurück, der verliebte Paare trotz des Verbotes des Kaisers Claudius II. christlich getraut und ihnen Blumen aus seinem Garten geschenkt hat. Er wurde am 14. Februar 269 hingerichtet.

Zwischen uns ist in letzter Zeit alles so besonders geworden: Yannis verhält sich mir gegenüber ganz zuvorkommend und freundlich, sucht ständig meine Nähe und saß neulich bei Antonio ganz dicht neben mir. Und dann eben dieser Plüschhase.

„Yannis ist total in dich verknallt“, hat auch Marco neulich gesagt, als wir ausnahmsweise mal zu dritt unterwegs waren. „Aber er traut sich nicht, dir das zu sagen. Wegen dieser Knutschfleckgeschichte damals und weil ihr ja eigentlich nur gute Freunde seid.“

Marco scheint nicht zu wissen, dass Yannis sich deswegen bei mir schon längst entschuldigt hat. Und er weiß auch nicht, dass Yannis nur einmal bei mir klingeln bräuchte, damit ich ihm um den Hals fliege. Aber Yannis ist nur mutig, wenn andere dabei sind. Alleine käme er nie auf die Idee, mich deswegen anzusprechen. Und irgendwie sehe ich nicht ein, dass ausgerechnet ich den ersten Schritt machen soll, schließlich war er es, der mit diesem Knutschfleck unsere Freundschaft aufs Spiel gesetzt hat.

„Jetzt geht die Sucherei wieder von vorne los", seufze ich und schlecke meinen Löffel ab. „Praktikum! Beruf! Wozu das alles?"

„Na, irgendwann mal Geld verdienen, was denn sonst", mischt sich Julia jetzt ein. Obwohl Nicolas noch einige Wochen hier sein wird, scheint sie sich so langsam an ein Leben ohne ihn zu gewöhnen. Denn wann immer Milli und ich uns bei Antonio verabreden, Julia ist dabei. Selbst Kleo kommt öfters mal dazu, mit Ambra im Schlepptau natürlich, und trinkt eine Apfelschorle. Nur Jolina sehen wir nicht mehr so häufig, weil sie jetzt einen Freund aus der Zehnten hat, was ich verkraften kann, da der Typ über und über mit Goldketten behangen ist und kaum ein gescheites Wort herausbringt. Dafür küsst er vorzüglich, ü-b-e-r-a-l-l, wie Jolina neulich laut zum Besten gegeben hat, und selbst Julia ist ein bisschen rot geworden dabei.

„Ach, ums Geld geht's doch gar nicht", sage ich. „Ich glaube, es geht darum, eine Aufgabe im Leben zu haben. Etwas, wozu man sozusagen berufen ist."

Beruf, berufen. Im Moment fühle ich mich eher dazu berufen, unter Yannis' Feigheit zu leiden. Seit Wochen bekommt er seinen Mund nicht auf, der Stockfisch, dabei starrt er mich ständig an, macht mir kleine Geschenke und wird rot, wenn er mich sieht.

„Sina hat recht", mischt sich Milli ein. „Jeder von uns muss seinen Beitrag zu unserer Gesellschaft leisten."

Ich nicke ihr zu, auch wenn ich hundertpro weiß, dass dieser schlaue Satz garantiert nicht von ihr ist. Die Frage ist nur: Wo bekomme ich jetzt auf den allerletzten Drücker einen Praktikumsplatz her?

Glücklicherweise hatte Milli die großartige Idee, mich ihrem Onkel Udo vorzustellen. „Udo macht ständig irgendwelche Events und Happenings, der freut sich sicher, wenn er dich als persönliche Assistentin anstellen darf“, hat sie gesagt und nach einem Gespräch mit ihm war alles geklärt: Ein Blick, ein Handschlag und ich wusste, mit Onkel Udo komme ich klar. Er ist ziemlich klein, hat fast keine Haare mehr auf dem Kopf und trägt ständig einen roten Schal, der nach drei-Monate-nicht-gewaschen aussieht (ob er darunter auch einen Knutschfleck hat?!). Mama war ziemlich skeptisch, sie hätte mich wohl doch lieber in einer Arztpraxis gesehen. Aber mein Vater hat sich sehr dafür eingesetzt, dass ich bei Udo mein Praktikum machen darf, und mich höchstpersönlich zum Kennenlerngespräch hingefahren. „Ist doch schön, wenn Sina ihren Horizont erweitert“, hat er gesagt und ich habe nicht ganz kapiert, was genau er damit meint. Udo ist wohl das schwarze Schaf der Familie Kaiser, weil er sich nicht für Whirlpool-Badewannen, Luxus-Häuser und Sport begeistern kann, sondern stattdessen lieber kulturelle Veranstaltungen wie Filmforen oder Kino-Workshops organisiert. Millis Onkel besitzt zwar auch ein richtiges kleines Kino, aber für größere Veranstaltungen mietet er sich in irgendwelchen Clubhäusern, Konferenzräumen oder auch mal in einer Grillhütte ein. Dann zeigt er alles, was jemals auf Zelluloid gebannt wurde, und freut sich, wenn viele Menschen dabei sind, je voller, desto lieber. Bleibt zu hoffen, dass Frau Tuszynski ein Praktikum als Filmvorführerin anerkennt, schließlich ist das kein Ausbildungsberuf.

Aber allein wie ich jetzt drei Tage nach den Osterferien an Udos ollem Holzschreibtisch in seinem vollgestopften Büro sitze und über fünfhundert Einladungen als Serienbrief ausdrucke, falte, eintüte und frankiere, macht mich zur topfitten Büroassistentin und ist garantiert ein Praktikum wert. Denn Udo ist zwar ein genialer Kopf, aber systematisch denken kann er nicht. Das muss man sich mal vorstellen: Der hat immer noch jede Adresse einzeln eingegeben und wusste nicht, dass man das auch voll automatisieren kann – wenn man sich im Programm auskennt und die richtigen Tasten drückt! Vor lauter Dankbarkeit will mir Udo einen Tag freigeben, doch leider muss ich ihn darüber informieren, dass ich schulpflichtig und damit praktikumspflichtig bin. Also soll ich als Nächstes eine Übersicht aller deutschen Kinderfilme seit 1945 erstellen, aber auch damit bin ich fix fertig, weil ich ganz einfach im Internet recherchiere.
„Donnerwetter, Sina", ruft Udo entzückt, als er die ordentlich angelegte Tabelle in seinem Computer bestaunt, die er in fünf verschiedenen Varianten ausdrucken und kombinieren kann, „was habe ich nur all die Jahre ohne dich gemacht!" Er grinst mich verschwörerisch an. „Wenn du magst, kannst du mir noch in einer ganz besonderen Angelegenheit helfen." Und so kommt es, dass ich den ganzen nächsten Vormittag damit verbringe, eine besonders knifflige Sitzordnung auszutüfteln. Es geht nämlich darum, alle Ehrengäste eines Filmsymposiums angemessen

zu platzieren. Nämlich so, „dass kein Jurymitglied neben einem Schauspieler sitzt, immer eine Frau neben einem Mann und die aus Frankfurt nicht neben denen aus München und auch nicht in der Nähe von den Düsseldorfern, aber nicht zu weit weg von denen aus Freiburg“, wie Udo mir zur Aufgabe macht. Alles klar?! Ich darf hier ja keine Namen nennen, aber Udos Anweisungen waren viel detaillierter, weshalb ich ordentlich zu knobeln hatte. Denn erschwerend kam noch hinzu, dass Frau XY Herrn Z nicht leiden konnte und Herr Dings sich mit Frau ??? zerstritten hatte. Vielleicht sollte ich Herrn Asselmeyer mal diese Knobelei als heimlichen Tipp für die nächste Mathearbeit zustecken, er hätte garantiert seine diebische Freude daran ...
Aber ich wäre nicht Sina Rosenmüller mit den großen Füßen und der Leidenschaft für Zahlen und Mathematik, wenn ich diese Aufgabe nicht bewältigen würde, und zwar mit Köpfchen und System. Udo ist schlichtweg aus dem Häuschen und lädt mich zur Belohnung zum Filmgucken ein. „Ein bisschen arbeiten musst du allerdings auch“, grinst er, „aber dann darfst du dich ein paar Stunden gemütlich zurücklehnen.“

Am nächsten Morgen stehe ich punkt 10 Uhr im Foyer des Sheraton-Hotels, auf der Suche nach dem Veranstaltungsort vom „Filmsymposium Hollywood gestern und heute“. Schnell entdecke ich ein Hinweisschild, das mich in die siebte Etage schickt. Dort fühle ich mich wie Alice hinter den Spiegeln, denn jede dieser holzvertäfelten Türen sieht gleich aus. Instinktiv wähle ich die große Flügeltür und tatsächlich, sie führt mich in einen großen Saal, der hell erleuchtet ist und vor gut angezogenen Menschen wimmelt. Udo hat mich sofort entdeckt.

Hektisch winkt er mich zu sich und bedeutet mir, ihm in einen kleinen Vorführraum zu folgen.
„Gut, dass du da bist, Sina", begrüßt er mich lächelnd, „ich habe alles bereits aufgebaut. Ich gehe gleich raus und halte meinen Einführungsvortrag. Wenn ich dir ein Zeichen gebe, drückst du diesen Knopf hier." Er zeigt auf eine grüne Taste an der Filmprojektionsmaschine und ich frage mich, wie er dieses gigantische Teil wohl hierhergeschafft hat.
„Muss ich auf irgendetwas Besonderes achten?", frage ich skeptisch. Von wegen Belohnung! Das ist voll die Verantwortung! Ich finde, diese Monster-Maschine sieht nicht gerade vertrauenerweckend aus.
„Nö", meint Udo lässig. „Die Lady hier ist die beste der Welt. Vielleicht musst du nachher ein bisschen Ton und Schärfe regulieren, sonst nichts." Und schon ist er mit wehendem Schal nach draußen verschwunden. Während er seine Ansprache hält, mustere ich verstohlen die Filmdosen, die sich auf dem Boden stapeln. Sofort befällt mich wieder mein Etiketten-Sammelfieber, denn die Teile sind voll mit Stickern, auf denen viele, viele Zahlen stehen, Infos zu Ton, Format, Produktionsfirma und so weiter. Doch mir bleibt nicht viel Zeit, sie zu entschlüsseln, denn Udo winkt mir jetzt fröhlich zu und bedeutet, den Film zu starten. Also drücke ich die grüne Taste, während ich gleichzeitig am Lichtdimmer drehe. Ein Daumen-hoch-Zeichen von Udo signalisiert mir, dass ich meinen Job richtig gut mache. „Vom Winde verweht" lese ich im Vorspann, oh no, so ein Uraltschinken!
Doch dann tauche ich gemeinsam mit 200 Symposium-Besuchern ab in die Zeit des amerikanischen Bürgerkriegs im 19. Jahrhundert, sehe schimmernde Taftröcke, stolze Gutsbesitzer und

schwarze Sklaven – und eine schöne, geldgierige Scarlett O'Hara, die dermaßen unglücklich in diesen soften Ashley verliebt ist, dass sie ihre wahre Liebe zu dem at-

traktiven Rhett nicht bemerkt. Erst als er ihr gegen ihren Willen, man könnte sagen: fast gewaltsam, einen Kuss aufdrückt, merkt sie, dass er der Richtige für sie sein könnte ...

Aber hey, Moment mal, heißt das, Frauen meinen Ja, wenn sie Nein sagen? Heißt das, dass sie zu ihrem Glück gezwungen werden müssen? Oder ist das alles eh nur Hollywood? Das ist ja wohl ein großes Missverständnis! Ich habe überhaupt nicht Ja gesagt, weder zu Yannis und dem Knutschfleck noch zu Thaddäus und seiner Schlabberzunge.

Und während sich im Saal sämtliche Symposium-Besucher die Augen wischen, als Scarlett am Ende schließlich alles verloren hat – Ashley, Rhett, ihre Tochter und den Großgrundbesitz Tara –, kapiere ich, dass ich meine Gefühle in Zukunft noch besser sortieren und vor allem kommunizieren muss, damit es keine Missverständnisse gibt. Also: Hals wegziehen bei Knutschfleckattacken und „Hör auf" schreien, wenn mich einer gegen meinen Willen betatscht. Im Umkehrschluss bedeutet das: Gefühle für bestimmte Jungs wahrnehmen und ZEIGEN!

Viertes Kapitel, in dem Sina vom Knutschen nicht nur einen Knutschfleck bekommt

Ein Himmel voller Küsse

Schule ist total öde und nervt mich voll fett an. Nachdem wir alle brav unseren Praktikumsbericht abgeliefert haben, hagelt es als Dank für unseren engagierten Zukunftseinsatz eine Klassenarbeit nach der anderen. Herr Asselmeyer triezt uns mit linearen Funktionen und Gleichungssystemen, Frau Müller-Rochefoucauld überschüttet uns mit unregelmäßigen Verben, die kein Mensch außer Julia mit ihrem französischen Freund jemals braucht, und Frau Tuszynski lässt uns in Deutsch ein Gedicht auswendig lernen: Der Erlkönig von Johann Wolfgang von Goethe.

Ob Gedicht, Matheformel, Vokabeln oder Pin-Nummer: Willst du nicht völlig dumm durch die Gegend laufen, musst du dir ein paar Sachen merken. Der Trick: Lernen durch Wiederholungen. Also nicht einmal vierzig Minuten lang pauken, sondern an vier Tagen jeweils zehn Minuten konzentriert arbeiten. Denn nur Dinge, die dein Gehirn regelmäßig fordern, knüpfen dort auch langlebige

Nervenbahnen. Einmalige Informationen vergisst es, die Nervenzellen verkümmern, weil sie nicht gefordert sind. Wenn Vokabeln oder Gedichte doof sind und keinen Spaß machen, was ja mal vorkommen kann, dann mache das Beste daraus: Übersetze den Text deines Lieblingssongs oder singe dein Gedicht. Goethe fände einen Erlkönig-Rap sicherlich genial ...

Und nicht nur das, wir sollen es natürlich auch noch interpretieren. Sebastian, der alte Autofan, gibt natürlich erst mal mit seinen heimlich geschossenen Erlkönig-Fotos an. Kleo stürzt sich voll rein und hat beinahe Tränen in den Augen, als sie sich meldet. „Der Vater geht gar nicht auf die Gefühle und Ängste seines Sohnes ein“, sagt sie und dabei denkt sie bestimmt an ihre Mutter – und nicht an ihren Vater. „Er stempelt seine Wahrnehmungen nur mit lapidaren Bemerkungen ab: ‚Mein Sohn, es ist ein Nebelstreif.‘ Würde er ihn ernst nehmen, hätte der Sohn eine Chance.“
„Warum ruft der Vater nicht einfach den Notarzt?“, ulkt Juri, woraufhin er einen finstern Blick von Frau Tuszynski erntet. „Kein Wunder, wenn er stirbt, so eng unter den Arm geklemmt ...“
„Nicht den Notarzt, die Polizei“, macht Marco weiter. „Der Erlkönig ist ein Kinderschänder: ‚Ich liebe dich, mich reizt deine Gestalt/Und bist du nicht willig, so brauch ich Gewalt‘.“ Er guckt provozierend in die Klasse. „Oder?“
Frau Tuszynski schüttelt nachdenklich ihren gestylten Kopf, von diesem Interpretationsansatz scheint sie heute zum ersten Mal zu hören. Fehlt nur noch, dass sie sagt: „Kinderrrr, das ist Literaturrrrr und nicht RTL-Extra!“ Die anderen reden jetzt laut durcheinander, jeder hat noch eine andere Idee.

„Er lockt ihn ja auch mit schönen Spielen, wie mit Gummibärchen", höre ich Sebastian sagen. „Der Erlkönig verkörpert das Böse und der Vater kann seinen Sohn nicht davor beschützen."
„Natürlich könnte er das", empört sich Kleo erneut. „Er bräuchte sich nur richtig wehren und nicht einfach davonreiten. Wie wäre es mit Nein sagen?! Oder wieso darf der Erlkönig den Sohn einfach anfassen? Hä?"
Und mitten in dem aufkeimenden Tumult kapiere ich etwas.

„In seinen Armen, das Kind war tot" kann man auch ganz anders lesen, Goethe hätte sicher nichts dagegen: „Der Erlkönig" bedeutet den Beginn der Pubertät, den Abschied von der Kindheit. Und wir – die Kinder? die Jugendlichen? – können gar nichts dazu. Plötzlich ist diese Pubsität da, wir müssen uns damit auseinandersetzen und haben gar keine Chance, diese Veränderungen aufzuhalten. „Und bist du nicht willig, so brauch ich Gewalt" – wir bekommen Pickel, Busen, Schamhaare, unsere Periode, ohne dass wir es wollen. Oder habe ich je mein Einverständnis dazu gegeben, dass sich mein Körper so verändert?

Ich traue mich nicht, Frau Tuszynski davon zu erzählen, nachher baut sie in ihren Biounterricht noch eine extra Pubertäts-Aufklärungsstunde ein. Danke, in der Theorie weiß ich Bescheid! Aber wie sich das anfühlt und vor allem: wie ich damit klarkommen soll, kann sie mir garantiert nicht erklären, da kann sie noch so viele Bilder, Kopien und Broschüren verteilen. Ich gucke mir meine Ex-beste-Freundin Kleo an und kapiere noch etwas: *Kleo* kommt noch viel weniger damit klar. Kleo ist klapperdürr geworden und sieht aus wie Zarafira zu ihren schlechtesten Zeiten. Das war mal Kleos Lieblings-Meerschweinchen, bevor sie Ambra geschenkt bekommen und sich so abgesondert hat. Aber was soll ich machen? Ich komme ja nicht mehr an sie ran. Schon mehrfach habe ich sie darauf angesprochen, sie behutsam versucht auszufragen, ihr meine Hilfe angeboten. Kleo weiß eigentlich ganz genau, dass sie mir alles erzählen kann, ohne dass es morgen in der Schülerzeitung steht. Nur – sie will es scheinbar nicht und blockt jedes Mal mit irgendeiner Ausrede ab. Ich habe mit Milli und Julia darüber beratschlagt, ob wir etwas unternehmen müssen, von wegen Vertrauenslehrer oder Sorgentelefon, und beschlossen, dass wir die bevorstehenden Sommerferien noch abwarten. Am liebsten würde ich ja ihrer Mutter mal die Augen öffnen, aber davon würde alles nur noch schlimmer, das weiß ich.

Wann ist ihr Problem dein Problem?! Deine Freundin wird immer dünner, sie kommt jeden Morgen zu spät und mit tiefen Augenringen in die Schule, ihre Unterarme sind immer wieder neu zerkratzt oder du merkst, dass sie regelmäßig Alkohol trinkt oder Drogen nimmt – beobachte aufmerksam ihre Veränderung. Nicht jede Diät bedeutet gleich eine Magersucht, nicht jedes Ritzen ein psychisches Problem, nicht jede Party Alkoholismus. Meistens will die Betroffene auch nicht darüber sprechen oder streitet alles ab. Oder sie schüttet im Gegenteil den vollen Problemkübel über dir aus und dann bist du plötzlich Kummerkasten einer essgestörten oder depressiven Freundin. Das Wichtigste: Stehe ihr zur Seite und unternimm etwas, bevor es zu spät ist, suche dir Unterstützung bei Freunden, Eltern oder Therapeuten und überlegt gemeinsam, was ihr unternehmen könnt, um deiner Freundin zu helfen. Noch wichtiger aber ist es, dir klarzumachen, dass du keine Verantwortung für ihr Verhalten trägst, es ist ihr Problem, nicht deins! Wenn du also merkst, dass du dir den Mund fusselig quatschst, sie tröstest und ihr hilfst, wo du nur kannst, sie aber keine Verhaltensänderung zeigt, darfst du dich getrost in Sicherheit bringen.

Seufzend blicke ich mich in meiner Klasse um – und erwische einen nachdenklichen Blick aus den dunklen Augen von Yannis. Aber anstatt wegzuschauen und verlegen den Kopf zu senken, lächle ich ihn diesmal einfach über Kleos wuscheligen Haarschopf hinweg an. Und Yannis lächelt zurück, als ob er verstehen würde, was da gerade alles in mir vorgeht.

Es geht mir voll ins Herz.

Wir stehen im strömenden Regen vorm Museum und warten auf Frau Tuszynski, die mal wieder zu spät kommt. Diesmal verbringen wir unseren Klassenausflug in einer Kunstausstellung und sollen die Werke von einem gewissen Gustav Klimt anschauen.
„Wahrscheinlich ist ihr Drei-Wetter-Taft alle und sie muss noch schnell neues kaufen“, lästert Juri und schüttelt die Tropfen von seiner Kappe.
„So eine beknackte Idee!“, mault Julia. „Nur weil die Tuszynski auf diese Goldbilder steht.“ Sie schmiegt sich eng an Nicolas, der beschützend seine Jacke über ihren Kopf hält. Seit ich weiß, dass er sowieso wieder nach Frankreich zurückgeht, finde ich ihn nur noch ätzend. Wie wir inzwischen von Julia wissen,

muss er der totale Klammeraffe sein, der supereifersüchtig jeden Schritt von ihr überwacht. Julia scheint das nichts auszumachen, aber mir wird bei der Vorstellung, gar nichts mehr alleine unternehmen zu dürfen, ganz gruselig. Dann lieber ohne Freund! Was macht sie nur, wenn er ihr nach den Sommerferien nicht mehr jeden Tag sagt, was sie anziehen und unternehmen soll?

„Seid doch froh", meint Kleo mit klappernden Zähnen, „die anderen machen eine Ausflugsfahrt auf dem Main, wir dürfen wenigstens ins Trockne."

„Haha", mache ich, „ich würde trotzdem lieber an der Reling stehen anstatt mir so tote Bilder anzuschauen."

„Du hast ja auch die passende Jacke an", lacht Yannis und wischt mir neckisch einen Regentropfen von der Wange. Er trägt wie ich seine Allwetterjacke und die Kapuze auf dem Kopf. Spießer, denke ich, so würde Nicolas nie rumlaufen, Marco auch nicht und Sebastian mit seinem Schickimicki-Tick sowieso nicht. Die halten sich für so praktische Sachen für viel zu cool und tragen lieber ihre Käppis und Beanies, die natürlich keinen Regentropfen abkönnen, weil sonst der Markenname verwischt.

„Bestimmt müssen wir dann eine Bildbeschreibung abliefern", ergänzt Milli und verzieht das Gesicht. „Die Tuszynski hat doch immer so Ideen ..."

Marco drückt ihr zur Antwort einen fetten Kuss auf den Mund. Geht das schon wieder los, dieses Rumgeknutsche! Milli hat mir neulich Nachmittag erzählt, wie aufregend das alles mit Marco sei und wo sie überall heimlich rumknutschen: in der Umkleidekabine vom Hallenbad, hinterm Busch im Park, im

Fahrstuhl … Ich stehe etwas hilflos daneben, auch Kleo verzieht angewidert ihr Gesicht, was ich gut verstehen kann, denn die beiden legen los, als würden sie nicht inmitten der versammelten Klasse stehen.

Das habe ich mir insgeheim geschworen: Sollte ich eines Tages einen Freund haben (Yannis zum Beispiel ♥♥♥), dann knutsche ich nicht vor allen rum, das ist doch peinlich, wenn da die Saugschlabberschmatzgeräusche zu hören sind und womöglich noch die Zungenspitze hervorblitzt. Nein danke!

Endlich kommt die Tuszynski – im rosa Ostfriesennerz mit Kunstfellmütze – und keine fünf Minuten später stürmen wir lärmend das Museum, auch wenn uns unsere Lehrerin tausendmal ermahnt hat, leise zu sein. Und dann habe ich irgendwie in dem Tumult den Anschluss verpasst. Klar, Julia schlendert mit ihrem Nicolas Hand in Hand durchs Museum, während Milli garantiert mit Marco irgendwo im Garderobenraum wild rumknutscht. Und Kleo hat sich sonst wohin abgeseilt.
Ich stehe allein in einem großen, abgedunkelten Raum vor einem großen Bild, das mit kleinen Spots stimmungsvoll ausgeleuchtet ist, und betrachte nachdenklich das Gemälde vor mir. Eine Frau kniet in inniger Umarmung vor einem Mann, der ihr fürsorglich den Mantel umgelegt hat, beide sind ineinander versunken, scheinen miteinander verschmolzen zu sein. Und doch sieht es irgendwie so aus, als wollte sie diesen Kuss nicht … Weil er nicht der Richtige für sie ist? Prompt muss ich wieder an diesen Film denken.

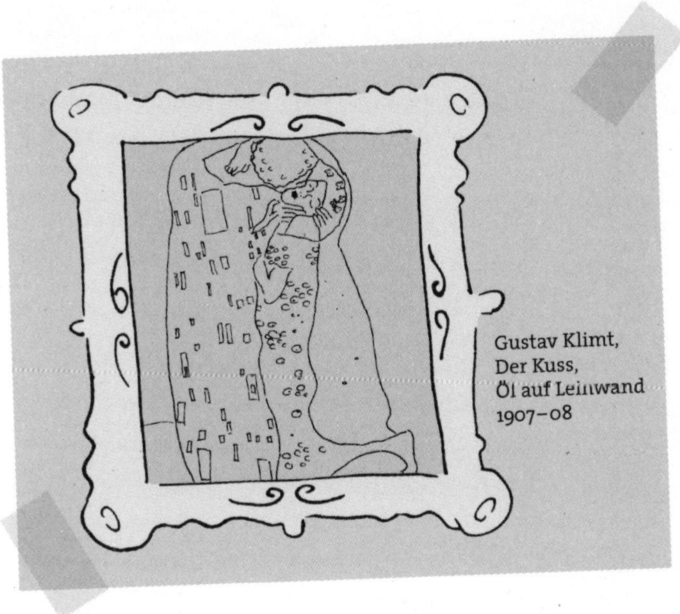

Gustav Klimt,
Der Kuss,
Öl auf Leinwand
1907–08

„Das ist wunderschön", höre ich eine vertraute Stimme neben mir sagen.

„Finde ich auch", flüstere ich zurück.

Eine Weile stehen wir schweigend nebeneinander. Fieberhaft durchwühle ich mein Hirn, über was ich denn jetzt bloß mit Yannis reden könnte. Ablästern über die brandneue Kurzhaarfrisur von Frau Tuszynski, für die sie nie wieder Drei-Wetter-Taft braucht? Nachfragen, welchen neuen Fantasy-Schmöker er gerade am Wickel hat? Oder über Schulprobleme reden? Erzählen, dass die Mutter meines Ex-Schwarms es nicht so draufhat und meine Französischnote auch in diesem Schulhalbjahr nicht besser als Vier sein wird? Wenn ich bei ihr bin, schwärmt sie mir lieber von Paris, Croissants und Café au Lait vor, anstatt mir französische Grammatik zu erklären.

„Ist dir nicht kalt?“, fragt mich Yannis nach einer Weile.

„Nö“, antworte ich wahrheitsgemäß, obwohl dieser Raum wegen des Ölgemäldes garantiert unter Zimmertemperatur liegt.

Hätte ich jetzt etwa Ja sagen sollen? So wie Julia, die dann immer Nicolas' Jacke haben darf? Hätte Yannis dann meine Hand genommen und sie gewärmt?

Ich wage einen Blick zur Seite. Ich kenne Yannis jetzt schon sooo lange, wir haben gemeinsam Fahrrad fahren gelernt, sind auf Inlinern unsere Straße hoch- und runtergedüst und haben auf diversen Grillpartys seiner Eltern viele lustige Abende miteinander verbracht. Wenn mich jemand fragt, ich würde sofort sagen, Yannis ist mein bester Freund. Okay, er hat mit dieser Knutschfleck-Aktion einiges vermasselt, aber das habe ich ja fast vergessen. Ich weiß inzwischen, dass ich ganz viele kribbelige Gefühle für ihn in mir habe. Aber ich weiß immer noch nicht, was Yannis von mir will.

Eines dagegen weiß ich ganz genau: Ich will ihn küssen. Jetzt. Nur – wie geht das? Nicht nachdenken, Sina, MACHEN!! Warum küsst er mich nicht? Seit Silvester hängt er zwar ständig in meiner Nähe rum und tut so, als ob es diesen peinlichen Zwischenfall mit dem Knutschfleck zwischen uns nie gegeben hätte. Am Ende will er gar nichts von mir. Aber Marco hat ja gesagt ... und ich spüre es ja auch. Oder täusche ich mich?

Da spüre ich seinen Arm auf meiner Schulter. Er zieht mich zu sich heran, ganz fest, ganz eng, dann fühle ich seinen Atem an meinem Ohr, rieche den vertrauten Yannis-Geruch, merke, wie er sein Gesicht in meine Haare schiebt.
„Sina ..."

Nee, bitte, nicht schon wieder so ein Yannis-Gestammel und dann Unterbrechung. Ich schließe einfach die Augen, ich will keine Yannis-Blicke sehen, ich weiß, wie sein Mund, seine Sommersprossen aussehen, ich kenne ihn so gut ...

Und dann küsse ich ihn einfach – und Yannis küsst mich zurück. Endlich. Einfach nur Lippen auf Lippen, ganz zart.

Beim Küssen steigt die Atemfrequenz, der Puls rast, Gefäße weiten sich, durch die bessere Durchblutung kommt der Kreislauf in Schwung, im Gehirn wird das Glückshormon Serotonin ausgeschüttet – Küssen ist die beste Energiespritze! Und ein Hormonfeuerwerk ohnegleichen, wie Wissenschaftler herausgefunden haben, denn während eines Kusses sind 100 Milliarden Nervenzellen und 1000 Botenstoffe beteiligt.

„Sina ..."
„Psst", mache ich und lege ihm übermütig den Zeigefinger auf den Mund. Er haucht mir ein Küsschen darauf, ich zeichne mit meinem Finger die Konturen seiner Lippen nach. Dann küsst er mich wieder und wieder und ich ihn, wir halten uns eng umschlungen und fühlen gegenseitig unsere Körper, unsere Wärme – mitten im Museum ein Himmel voller Küsse, ohne Kurbel-

zunge, ohne Knutschfleck, einfach so, zärtlich und lieb und warm. Als wir uns nach Ewigkeiten voneinander lösen, kommt mir das Klimt-Kuss-Bild noch viel strahlender und glitzernder vor. Natürlich ist er der Richtige! Wie in Mamas Pilcherfilmen, denke ich, aber weil ich mich selbst gerade so romantisch fühle, bitte ich sie insgeheim um Verzeihung für meine fiesen Lästereien.

Der restliche Vormittag zieht wie ein goldener Vorhang an mir vorbei. Ich kriege nicht mit, dass Kleo von ihrer Mutter abgeholt werden muss, weil sie einen Ohnmachtsanfall hatte. Ich sehe nicht, wie Milli und Marco völlig zerstrubbelt hinter dem Garderobentresen hervorkrabbeln. Ich höre nicht zu, wie der von Frau Tuszynski angeschleppte Klimt-Experte über die Exponate referiert. Ich merke nicht, wie Melanie mich mit giftigen Blicken befeuert, und reagiere erst, als sie sich in ihrer voll entwickelten Körpergröße vor mir aufbaut.

„Du verarschst den ja eh bloß“, giftet sie mich an und ich kapiere erst mal gar nichts. Zu dem Klimt-Onkel habe ich doch gar nichts gesagt, was regt die sich so auf.

„Yannis hat es nicht verdient, dass du mit ihm spielst!“, macht sie weiter und jetzt kapiere ich so langsam, was sie meint.

„Aber ...“ Verdattert gucke ich sie an, während Yannis neben mir rot anläuft. Sag bloß, er hat was mit der am Laufen? Doch bevor ich etwas sagen kann, ist sie schon davongewalzt. Yannis zuckt nur mit den Schultern.

„Vor ein paar Wochen habe ich sie bei Antonio getroffen, zufällig“, erklärt er. „Und da haben wir ein bisschen geredet, auch über dich.“ Er guckt mich ganz süß an, sodass ich ihm auf der Stelle einen Kuss geben muss, dabei wüsste ich ganz gerne, was er mit Melanie über mich zu quatschen hat.

„Seitdem spielt sie sich als meine Beschützerin auf und ruft mich täglich an“, seufzt er, nachdem er mich ausgiebig zurückgeküsst hat. „Und ich fürchte, jetzt habe ich ein Problem, weil sie sich Hoffnungen gemacht hat. Dabei bin ich die ganze Zeit nur in dich ... äh ... verliebt“, bringt er den Satz zu Ende. Wieder sein süßes Grinsen. Am liebsten würde ich ihm vor Glück auf den Arm springen, doch das geht leider nicht, weil wir uns alle vorm Ausgang drängeln und ich stattdessen in Nicolas Armen lande, der neben mir steht.

„Oh là là“, meint er lächelnd. „Qué petite chou-chou.“ Täusche ich mich oder flirtet er gerade mit mir? Komisch, jetzt wo ich mich nicht mehr für ihn interessiere und mich nicht für ihn zurechtstyle, guckt mich Nicolas ständig so seltsam an. Als ob ihm eine Freundin nicht genügen würde! Prompt ernte ich einen giftigen Blick von Julia. Aber da kann ich sie beruhigen: Mit dieser Franzosen-Schmachtbacke will ich nichts mehr zu tun haben. Außerdem müsste sie doch längst geschnallt haben, dass ich jetzt endlich mit Yannis zusammen bin.

„Kommst du noch mit zu Antonio?“, fragt mich Yannis hoffnungsvoll, als wir unsere Fahrräder aufschließen. Milli, Marco und die anderen sind längst abgezischt.

Einen Moment zögere ich. Nichts lieber als das, aber ich habe Mama versprochen, mich um Leon zu kümmern, weil sie wegen ihrer Dauererkältung einen Termin bei Doktor Gottstein hat. „Ich hoffe, ich kann mich auf dich verlassen“, hat sie mir eingebläut und ich habe bei meiner schwesterlichen Ehre geschworen, Leon pünktlich von der Schule abzuholen – was ich mit Ach und Krach schaffe, wenn ich jetzt in die Pedale trete.

„Nee, geht nicht“, sage ich. „Ich muss Leon hüten. Aber weißt du was?!“ Plötzlich habe ich eine geniale Idee. „Komm doch einfach mit!“
Dann bin ich mit dem Nervzwerg wenigstens nicht alleine und Yannis kann später mit ihm Hot Wheels spielen.
„Klaro“, antwortet Yannis, und für seine unkomplizierte Art mag ich ihn in diesem Moment wirklich sehr.

Als wir später bei uns sind, bin ich doppelt froh, dass Yannis dabei ist, denn Leon schneidet sich beim Essen mit dem Messer so doll in den Finger, dass das Blut in Strömen auf unsere weißen Fliesen tropft. Yannis springt souverän auf, holt ein sauberes Küchenhandtuch und drückt es dem heulenden Leon auf die Wunde.
„Habt ihr was zum Desinfizieren?“, fragt er ganz fachmännisch. „Nicht dass da Würstchen drin wachsen!“
„In echt?“ Leon guckt ihn erstaunt an und vergisst weiterzuheulen. Er zuckt kein bisschen, als Yannis ihm das kalte Zeug draufsprüht, und lässt sich brav seinen Schnitt verpflastern. Bei Mama macht er immer ein riesiges Theater! Ich stehe stumm daneben und fühle eine warme Welle der Bewunderung für meinen Freund.

Yannis ist mein Freund. Yannis + Sina.

Während Yannis und Leon im Kinderzimmer verschwinden, stehe ich in der Küche und wische die Schweinerei auf. Mehr noch: Weil ich keine Lust auf Autocrashs habe, räume ich den Tisch ab, stelle die Spülmaschine an und poliere alles auf Hochglanz. Eigentlich ist Yannis ja bei mir zu Besuch, denke ich eifersüchtig, andererseits bin ich auch ein bisschen froh, dass wir nicht alleine sind ...

„Sina, können wir was Süßes haben?", ruft Leon jetzt von oben. „Yannis will Chips."

„Holt euch doch selber welche", maule ich. „Bin doch nicht eure Bedienung." Irgendwie erinnert mich das alles an damals, als ich noch mit Kleo Vater-Mutter-Kind gespielt habe.

In diesem Moment kommt Mama zur Tür herein. Sie sieht ganz fertig aus, beinahe, als hätte sie geheult. Ihre Miene wird auch nicht besser, als sie Yannis' Jacke bemerkt.

„So war das aber nicht gedacht!", meckert sie los. „Kaum ist man aus dem Haus, lädt sie sich Herrenbesuch ein."

Immer hat sie was zu meckern! Ich kapiere gar nicht, was sie meint. Leon kommt die Treppe runtergepoltert und wedelt mit seinem verbundenen Finger.

„Hat Yannis gemacht", erklärt er stolz, „damit da keine Würstchen drin wachsen."

„Wer erzählt dir denn solche Märchen!" Mama zieht Leon zärtlich in die Arme. „Sina, ihr könnt dem Jungen doch nicht solche Lügen erzählen, der glaubt doch alles."

Moment mal, will ich sagen, der ist sechs Jahre alt und geht in die erste Klasse. Aber das ist typisch, Mama braucht immer jemanden, auf dem sie herumhacken kann. Nur Leon trifft es nie. Und weil der erst recht nicht kapiert, was abgeht, heult er abermals los. „Yannis ist mein Freund", schluchzt er, „der würde mich nie belügen. Weil er bei mir zu Besuch ist."

Yannis ist *mein* Freund, denke ich, und er ist bei *mir* zu Besuch, aber das scheint hier niemanden zu interessieren. Yannis auch nicht, denn er kommt jetzt ebenfalls die Treppe runter, wuschelt Leon nur freundschaftlich durch die Locken, schnappt sich seine Jacke und will verschwinden.

„Du hast was vergessen!", rufe ich und renne ihm den Gartenweg hinterher.

Und vor den Augen meiner verdutzten Mutter, die immer noch den schniefenden Leon im Arm hat, gebe ich Yannis einen dicken Abschiedskuss – mitten auf den Mund.

In der Nacht kann ich vor Aufregung kaum schlafen. Yannis ist jetzt mein Freund!, wummert es überall in mir, in meinem Kopf, in meinem Herzen, in meinem ganzen Körper. Papa hat beim Abendbrot vorhin was von wegen „Tausendmal berührt, tausendmal ist nix passiert" gesungen, ich habe nicht kapiert, was er meint. Und Mama hat mich die ganze Zeit über nur ganz böse angefunkelt. Ich verstehe wirklich nicht, was sie will: Ich habe wie versprochen Leon von der Schule abgeholt, Mittagessen zubereitet und die Küche extra auf Hochglanz poliert. Nachdem Yannis weg war, habe ich noch mit Leon rechnen geübt, während sie über ihrem Inhalationsgerät hing. Ich verstehe Mama nicht. Letztes Jahr, als ich in den Sommerferien zum ersten Mal meine Tage bekommen habe, war sie so was von nett und verständnisvoll, das hat richtig gutgetan. Als wolle sie mir beim Erwachsenwerden helfen. Auch jetzt ist sie immer total lieb zu mir, wenn ich während meiner Periode einfach lieber mal zu Hause in meinem Bett bleibe, weil mir ein bisschen übel ist (was zum Glück nicht so oft vorkommt). Aber seit sie vorhin geschnallt hat, dass Yannis und ich jetzt ein Paar sind, dreht sie völlig durch. Ehrlich gesagt, weiß ich nicht, was ich tun soll. Außer Mama total doof finden. Und meinen Freund lass ich mir von ihr nicht verbieten, dafür fühlt sich das alles viel zu schön an.

> Gerade jetzt während der Pubertät veränderst du dich, verändert sich dein Körper rasend schnell. Aus dem kleinen Mädchen wird eine große Frau – das ist für Eltern und vor allem für Mütter nicht immer leicht zu akzeptieren. Kein Wunder, wenn es da zwischen euch knirscht, vor allem wenn du deine eigenen Wege gehst und alles anders machen willst als sie.

Wie mich Yannis wohl morgen begrüßt? Ob er wie immer zu spät kommt oder ausnahmsweise schon vor der Gartentür auf mich wartet? Ich habe immer noch den vertrauten Yannis-Geruch in der Nase. Mit geschlossenen Augen stelle ich mir vor, wie ich in der strahlenden Morgensonne auf ihn zulaufe und er mich lächelnd in seine Arme zieht …

39,5° Partyfieber

Seit Tagen gibt es in unserer Klasse nur ein Thema: Julias Geburtstagsparty in zwei Wochen. Da wäre eigentlich gar nichts so Besonderes dabei, wäre es nicht gleichzeitig ein Abschiedsfest und eine Überraschungsparty für Nicolas. Julia ist hin- und hergerissen. Denn einerseits will sie DIE Party schmeißen und ihn damit so richtig überraschen, andererseits möchte sie am liebsten mit Nicolas alleine sein – für immer, wie sie uns jetzt in der Pause anvertraut.

„Du spinnst ja", meint Jolina, und die muss es schließlich wissen, denn sie hat in den letzten Monaten drei Freunde gehabt. Zurzeit ist sie solo, denn das mit dem Typen aus der zehnten Klasse war's nicht so. „Der wollte richtig mit mir schlafen", erzählt sie frei heraus, woraufhin Kleo sich entsetzt den Mund zuhält. „Aber ich lass mich doch nicht erpressen!"

Das erste Mal! Ich frage mich die ganze Zeit,
wann ich Yannis das erste Mal so richtig küsse, ich meine,

mit Zunge und so, aber Jolina hat ja auch schon viel
mehr Erfahrung als ich.

Bewundernd schaue ich sie an. Das hätte ich ihr gar nicht zugetraut, ich dachte, sie macht's garantiert mit jedem.
„Willst du Nicolas etwa heiraten?", fragt auch Milli. „Das kannst du doch jetzt noch gar nicht wissen!"
„Ich weiß es halt!", verteidigt sich Julia, „und in den Ferien besuchen wir uns gegenseitig." Trotzig beißt sie in ihr Frühstücksbrot. „Sagt mir lieber, wen ich alles zur Party einladen soll."
„Na, mich natürlich", ulke ich. „Und Yannis, auf den stehst du doch sowieso, oder?" Freundschaftlich knuffe ich ihr in die Seite, aber Julia ist nicht zum Spaßen aufgelegt.
„Yannis war schon immer in dich verknallt", sagt sie ernst. „Er hat es nur nicht gewusst."
Himmel, was geht denn da ab! Will sie uns jetzt alle unter die Haube bringen?

Ich werde so schnell nicht heiraten, damit das mal klar ist!
Der Bund des Lebens, ewige Treue und so. Am Ende ende ich
so wie Mama im Reihenendhaus, deren einzige Freude darin
besteht, bei Ikea einzukaufen und das Haus zu dekorieren.
Ich meine, das mit Yannis ist großartig, aber ob ich das für
immer will?! Das weiß ich doch heute noch nicht.

„Ich finde, du solltest die ganze Klasse einladen", schlägt Milli vor. „Schließlich sind das Nicolas' einzige Freunde hier."
„Stimmt", pflichte ich ihr bei, obwohl mir ganz schummerig im Bauch wird, wenn ich daran denke, neben Anton Killer Party zu

feiern. Es reicht mir schon, wenn ich täglich in der Schule neben ihm sitzen und seine Pickelcremeausdünstungen ertragen muss.

„Wir helfen dir auch beim Dekorieren und so“, ergänzt Jolina. „Wir machen eine Motto-Party, das kommt immer gut. Wie wäre es mit einer 70er-Jahre-Fete? Oder einer Pyjamaparty? Ibiza-Fest? Bollywood oder Zauberschloss sind auch tolle Themen …“

„Au ja!“, freut sich Milli. „Oder wie wäre es mit Frankreich?“

Prompt schluchzt Julia neben mir los. „Du bist gemein …“

„Hey, so war das doch gar nicht gemeint!“, versuche ich sie zu trösten.

„Okay, okay, dann nehmen wir halt Deutschland!“, beeilt sich Milli zu sagen.

„Spinnst du?“ Kleo tockt sich an die Stirn. „Wir machen doch keine Nazi-Party!“

„Jetzt stell dich nicht so an“, mischt sich Jolina ein. „Nur weil wir vielleicht die schwarz-rot-goldene Fahne schmücken, sind wir noch lange keine Nazis. Zu Fußballmeisterschaften machen wir das schließlich auch!“

„Ich will aber keine Länderparty“, erklärt Julia. „Es soll ein rauschendes Sommerfest werden.“

„Na, dann wissen wir ja, was wir demnächst basteln“, murmle ich vor mich hin. „Lichterketten und romantische Windlichter!“

„Und dann denken wir uns noch ein paar coole Partyspiele aus …“, macht Julia weiter.

„Na logisch, ‚Wahrheit oder Pflicht‘ womöglich?“ Ich verziehe das Gesicht. Die Lust auf Party ist mir sofort vergangen, aber meine Freundinnen sind Feuer und Flamme und quatschen den restlichen Schultag von nichts anderem mehr als: Sommerparty.

Plane deine Party rechtzeitig mit deinen Eltern. Gemeinsam könnt ihr überlegen, wo ihr feiern könnt und wie viele Gäste du einladen kannst. (Wenn es lauter werden kann, informiere deine Nachbarn, das erspart dir Ärger!) Lege fest, welche Spiele ihr macht und was du dazu brauchst. Denke dir originelle Accessoires aus! Mache dir eine Liste, wann du was erledigen musst, dann hast du keinen Partystress!

Drei Tage später dann sitzen wir alle bei Püttners zu Hause und basteln Einladungskarten. Julia hat sich in den Kopf gesetzt, alles ganz wunderschön sommerlich-leicht zu gestalten. Ich fürchte, sie hat zu viel Raffaelo-Werbung gesehen, denn wir sollen aus weißem Transparentpapier, auf das sie bereits den Einladungstext gedruckt hat, lauter Blumen ausschneiden.
„Bist du dir sicher, dass Nicolas auf weiße Blumen steht?“, will Milli wissen. „Marco findet rote viel besser, neulich auf dem Friedhof ...“ Sie kichert plötzlich los und ich ahne: Ihr ist nichts mehr heilig.
„Klar, und Yannis gelbe“, mische ich mich ein, während ich verzweifelt versuche, die Blume ordentlich auszuschneiden. Seit ich Etiketten sammle, bin ich eigentlich geübt darin, aber mit dieser Schere hier ...
„Äh, die ist von Ashley“, sagt Julia und *Schwupps!* ist die Linkshänderschere weg und Julia reicht mir eine andere, mit der ich eindeutig bessere Blüten ausschneide.
Eine Weile schnippeln wir wortlos vor uns hin.

Immerhin sind in unserer Klasse 28 Schüler, das bedeutet
28 Blumen à 8 Blütenblätter macht 224 Kurven schneiden.

„Müssen wir uns auch alle weiß kleiden?", fragt Kleo, die mit knochigen Händen die Schere hält, stirnrunzelnd. Bestimmt hat sie Angst davor, dass sie in weißen Tüchern wie ein Gespenst wirkt, jede Wette.

„Natürlich", meint Julia. „Weiß ist die Farbe des Sommers, der Leichtigkeit ..."

„... der Unschuld", macht Jolina grinsend weiter. „Hihi, oder willst du die in dieser Nacht verlieren?"

„Iiih, wie eklig!" Kleo hält sich entsetzt den Mund zu.

Prompt wird Julia knallrot und mir auf der Stelle kotzübel. „Das ist ja wohl nicht dein Ernst!", bricht es aus mir heraus. „Ihr seid doch erst seit Kurzem zusammen!"

„Na und?" Julias Stimme klingt sauer. „Jetzt stell dich mal nicht so tantenhaft an. Nur weil du mit Yannis bald Silberhochzeit feierst, ohne ihn überhaupt mal richtig geküsst zu haben, müssen wir nicht so langweilig sein."

„Stopp mal", mischt sich Milli ein. „Das hat Sina doch gar nicht so gemeint."

„Ach ja, wie denn dann?“ Mit Tränen in den Augen guckt Julia in die Runde. „Ihr habt ja keine Ahnung, wie sich das anfühlt. Ich werde ihn nur noch in den Ferien sehen ...“ Hemmungslos schluchzt sie los, dicke Tränentropfen fallen auf die weiße Blume, die sie gerade in den Händen hält.

„Hey, Süße, ist ja gut.“ Ausgerechnet Kleo zieht sie jetzt in ihre Arme und redet tröstend auf sie ein. Über Julias dunklen Haarschopf hinweg guckt sie mich vorwurfsvoll an. Halt bloß die Klappe, soll das bedeuten, ich kenne meine Kleo schon lang genug. Ich mache das Mund-abgeschlossen-Zeichen.

„Sorry“, murmele ich, was soll ich auch anderes sagen. Dieses durchgedrehte Verliebtheitsgefühl geht mir völlig ab.

Ich verstehe nicht, warum Julia sich so anstellt. Ich treffe Yannis ja auch regelmäßig, aber doch nicht jeden Tag! Und am Wochenende will ich nicht immer mit ihm abhängen, sondern mich mit meinen Freundinnen treffen oder Basketball spielen. Irgendwie brauche ich ja auch mal Zeit für mich. Und ich fände es auch nicht schlimm, wenn er jetzt für ein halbes Jahr nach Australien zum Schüleraustausch ginge und wir uns deshalb nicht sehen würden.

Nachdem wir sämtliche Blumenblüteneinladungen fertiggestellt haben und Julia das Schniefen eingestellt hat, sollen wir mit einer Heißklebepistole Einmachgläser verzieren.

„Das ist nicht dein Ernst, die schönen Gläser“, rutscht es mir raus, „warum willst du die denn so verunstalten? Kerze rein und fertig.“

„Du bist eben nicht kreativ", mischt sich Kleo ein. „Das sieht schön aus, wenn da noch ein bisschen Glitzer draufgestreut ist ..."

„Oder eine Bastschleife drum ist mit einer Blüte", ergänzt Milli, wie immer auf die Natürlichkeit der Dinge bedacht.

„Eben", verteidigt sich Julia. „Einfach nur Glas-Windlichter hat jeder."

Seufzend greife ich zur Heißklebepistole. Dass ich nicht kreativ genug bin, lasse ich mir nicht zweimal sagen. Aber so ein Dings hat ja noch nicht einmal meine Mutter! Und die bastelt mit Leon jedes Jahr zu Weihnachten eifrig alles Mögliche: Strohsterne, Lebkuchenhäuschen, Eisprinzen ...

„Hey, keine Sterne, das wird eine Sommerparty", schimpft Julia kopfschüttelnd und reißt mir die Klebepistole aus der Hand. „Wenn du keine Lust hast, dann lass es halt, aber verdirb mir nicht alles."

„Autsch!", fluche ich. „Pass doch auf!" Mist, ist das verdammte Dings heiß! „Schon okay", versuche ich sie dann zu beschwichtigen. Wie kann man sich wegen so einem Windlicht nur so aufpissen. Gedankenverloren betrachte ich mein Werk. Sommer. Winter. Weihnachten ...

Uuups, wie kommt denn dieser Komet dahin? Liegt wohl daran, dass ich plötzlich an Carlos und seine Glitzeraugen denken musste.

Kopfschüttelnd verfolge ich für den restlichen Nachmittag, wie meine Freundinnen mit Feuereifer Bücher mit sommerlich leichten und lockeren Rezepten wälzen – während ich gemüt-

lich auf Julias Bett abhänge und abwechselnd an Yannis und Carlos denken muss.
„Meinst du, deine Tante könnte ihre tollen Erdbeertörtchen für Nicolas machen?“, unterbricht Julia mein Geträume.
„Logisch“, antworte ich. „Wenn sie nicht gerade eine Sommerparty für diese Rechtsanwälte organisieren muss oder mit Onkel Ösi nach China reist, hilft sie uns sicher gerne.“
„Und was machst du, wenn es regnet?“, fragt Milli, während sie sich Notizen auf einen großen Zettel macht.
„Pah, dann gehen wir ins Haus. Oder wir fragen Yannis’ Mutter, ob wir bei ihnen feiern können!“, meint Julia leichthin und zwinkert mir zu „Die ist doch angeblich die große Party-Planerin.“
Prompt zucke ich zusammen. Auf Stefanie bin seit meinem letzten Yannis-Besuch nicht mehr so gut zu sprechen, denn ständig kam sie unter irgendeinem Vorwand in sein Zimmer gezwitschert. Ob wir was zum Trinken haben wollen, ob wir Knabberzeug möchten, ob wir zum Eistee in den Garten kommen ... Als ob ich das erste Mal bei Yannis allein im Zimmer wäre!

Das war total peinlich, denn Yannis und ich saßen ganz dicht nebeneinander vor seinem Computer, weil wir für unsere Englisch-Hausaufgabe rumgegoogelt haben. Unsere Gesichter waren sich ganz nah und ich war den ganzen Nachmittag ständig abgelenkt, weil ich damit beschäftigt war, darüber nachzudenken, wie, wann und ob ich Yannis jetzt endlich mal so richtig küssen sollte, ich meine so ein richtiger Kuss mit Zunge und so. Und Stefanie hat mich dauernd rausgebracht. Ich fühlte mich voll ertappt.

„Bestimmt hat sie nichts dagegen", beeile ich mich zu sagen, „wo sie doch so gerne Partys feiert ... und die Idee einer Sommerparty *inhouse* findet sie garantiert superwitzig."
„Die ist echt voll cool", meint Milli. „Wenn ich da an Marcos Eltern denke ... Da war ich neulich zum Kaffeetrinken in den Schrebergarten eingeladen."
„Also, Nicolas' Eltern sind total nett", sagt Julia und unterschreibt jetzt sämtliche Einladungen schwungvoll mit einer Tuschefeder. „Wobei mir seine Mutter beim Abwaschen anvertraut hat, dass sie schon ein bisschen Angst vor den Unruhen in den Banlieus hat."

Kaffeeklatsch! Abwaschen! Schrebergarten! Ich glaube, meine Freundinnen haben zu viel Traumhochzeit oder so was geguckt.

Stirnrunzelnd schaue ich von einer zur anderen, aber ich fürchte, sie meinen es tatsächlich ernst.
„Was gibt es denn zu trinken?", frage ich, um das Thema zu wechseln. „Keine Sommerparty ohne Sommerdrinks, oder?"
„Oh Mann, das habe ich ja glatt vergessen, euch zu erzählen!" Julia schlägt sich die Hand vor die Stirn. „Gestern habe ich Malte getroffen und er hat sofort zugesagt, den Barkeeper zu machen."
„Spinnst du?" Kleo springt entsetzt auf. Täusche ich mich oder ist sie knallrot angelaufen. „Du weißt ganz genau, dass der Bruder von Yannis sich ständig diese Breezer reinschüttet. Er hatte sogar schon mal Ärger mit dem Asselmeyer deswegen."
„Reg dich ab", meint Milli lässig. „Malte ist okay, der mixt schon

nichts Falsches für uns zusammen.“ Heimlich zwinkert sie Julia und mir zu.
Ich kapiere nur Flaschenbier. So war meine Frage nach den Drinks doch gar nicht gemeint! Keine Ahnung, was meine Freundinnen austesten wollen, dank Frau Tuszynskys Anti-Alkoholprojekt weiß ich genau Bescheid: Meine Leber werde ich weder mit Breezern oder Bier noch mit Wein oder Schnaps vergiften.

Durchschnittlich mit 13 Jahren haben Jugendliche zum ersten Mal Kontakt mit Alkohol. Dabei ist der Ausschank von Alkopops, Spirituosen und Likören an Minderjährige verboten: Unter 16 machst du dich sogar strafbar, ab 16 sind dann Bier, Wein und deren Mixgetränke erlaubt. Ähnliches gilt fürs Rauchen: Das Jugendschutzgesetz (JuSchG) verbietet den Verkauf von Tabakwaren an Jugendliche unter 16 Jahren. Diese Altersgruppe darf auch in der Öffentlichkeit nicht rauchen.

„Kleo hat recht“, komme ich meiner Ex-besten-Freundin zur Hilfe. „Wir sollten ein paar coole alkoholfreie Sommerdrinks erfinden. Nicolas zu Ehren, damit er uns nicht vergisst!“
„Das ist eine irre gute Idee“, jubelt Julia, und ehe ich mich versehe, ist sie mir um den Hals geflogen und schmatzt mich ab.
„Ist ja schon gut“, versuche ich sie abzuwehren. Irgendwie ist mir ihre kuschelige Art in letzter Zeit ein bisschen peinlich. Oder hat diese Wangenküsserei nach Franzosenart auf sie abgefärbt?
„Hier, da stehen tolle Rezepte drin“, ruft Milli aufgeregt und tippt auf einem Cocktail-Buch herum. „Jetzt müssen wir nur noch tolle Namen erfinden!“

Sweet Nicolas:

5 Erdbeeren pürieren, 60 ml Maracujasaft, 30 ml Mangosaft, 1 EL Erdbeersirup, 1 EL Sahne und einige Eiswürfel dazugeben. Mit 60 ml Orangensaft auffüllen, kurz durchmixen und in ein hohes Glas füllen. Mit Kiwischeiben und Erdbeeren dekorieren.

Bis' Rouge:

2 TL Kokosmilch mit 200 ml Kirschsaft mixen, eine Handvoll gehackte Pfefferminzblättchen und 1 EL Kokosraspel (leicht angeröstet) unterrühren. In ein mit Eiswürfeln gefülltes Glas geben und mit Kirschen dekorieren.

Nuit de l'été:

Einige Melonenwürfel sowie je 1 EL Rote und Schwarze Johannisbeeren, Himbeeren und Brombeeren mit ein paar Eiswürfeln in ein hohes Glas geben. 200 ml schwarzen Tee (eiskalt) mit Zitronensaft und Honig abschmecken und darübergießen.

(Zutaten sind pro Glas angegeben)

Dann schreiben wir noch ellenlange Einkaufslisten und legen fest, wer von uns was organisiert. Und so langsam bin auch ich von Julias Partyfieber-Virus infiziert.

Und zum Schluss: DER Kuss

„Mach mir doch kein' Knutschfleck, alles, nur kein' Knutschfleck, so'n Fleck hat nur den einen Zweck, der Knutschfleck bleibt und du bist weg ...", trällert Mama am nächsten Morgen vor sich hin. Was ist mit der denn heute Morgen los? Darf sie wieder zu Ikea fahren oder hat sie einen Lover? Müde hänge ich über meinem Morgenmüsli, während ich heimlich meine muntere Mutter mustere. Und dann fällt es mir ein: Gestern habe ich sie dabei beobachtet, wie sie aus einer dieser rosafarbenen Patrizia-Tüten ein duftig-luftiges Spitzenhemdchen herausgeholt hat. Heute Nacht hat sie es garantiert Papa vorgeführt und der hat ihr einen Knutschfleck verpasst. Aber wo? Möglichst unauffällig mustere ich Mamas Hals, aber da ist nix zu sehen. Womöglich saugt Papa bei ihr an anderen Stellen rum – *Buäh!* Prompt verschlucke ich mich an einer Rosine. Ich huste und pruste. Mama klopft mir hektisch auf dem Rücken rum, garantiert habe ich da morgen einen gigantischen blauen Fleck.

„Ist schon gut", bringe ich mühsam zwischen zwei Hustern hervor. Irgendwie ist das alles verdammt ungerecht: Ich hatte wegen meines Knutschflecks Mega-Stress und Mama tanzt hier fröhlich durch die Küche. Dass Yannis inzwischen seine Kusstechnik etwas verfeinert hat und ich von seinen Küssen keinen Knutschfleck mehr bekomme, braucht sie ja nicht zu wissen. Andererseits ertappe ich mich in den letzten Tagen oft bei dem Gedanken, dass ich mir wünschte, Yannis würde mich endlich mal richtig küssen – und nicht einfach immer nur stundenlang auf den Mund oder auf die Wange oder hinters Ohr.

Lippenkuss: Grundform aller Küsse mit unzähligen Variationsmöglichkeiten, zum Beispiel Zungenkuss.
Halskuss: Hals und Nacken sind eine hocherogene Zone, die von Küssen und Streicheleinheiten nicht genug bekommen können.
Handkuss: Altmodische Begrüßungsgeste mit angedeutetem Kuss auf die Handwurzel. Bloß keinen feuchten Schmatzer!!!
Ohrkuss: Absoluter Antörner mit heißem Atemhauch, knabbernden Zähnen, forschender Zunge und verheißungsvollem Geflüster.
Wangenkuss: Auch Bussi-Bussi genannt: erst links, dann rechts, die Franzosen küssen sogar noch mal links.
Nasenkuss: Die Nasenspitze ist sehr empfänglich für zärtliche Berührungen.
Intimküsse: Gehen unter die Gürtellinie und gehören zum Thema Oralsex.

„Triffst du dich nachher wieder mit Yannis?", will sie von mir wissen. „Aber bloß nicht bei uns, ich bin nämlich auf Annes Kerzenparty eingeladen."

Das ist Mamas neuste Sorge: Dass Yannis und ich alleine auf meinem Zimmer „irgendwelche Dinge tun könnten, die wir später bereuen", wie sie mir neulich in einem ernsthaften Mutter-Tochter-Gespräch gesteckt hat. Ich habe mich nicht getraut, ihr zu sagen, dass Yannis und ich ja noch nicht mal einen richtigen Zungenkuss hinbekommen, was sollten wir dann nackt in meinem Bett anstellen?! Ich konnte Mama gerade noch davon abhalten, bei Doktor Gottstein einen Termin wegen eines Verhütungsgesprächs auszumachen.

Damit das mal klar ist: Ich bestimme, wer wann und wie meinen Körper anfasst. Und Yannis macht das bis jetzt sehr gut, nämlich ganz zärtlich und behutsam. Und ich finde es völlig okay, wenn seine Hände dabei einfach nur auf meinem Rücken liegen bleiben und er mich nicht überall angrabscht. Wenn Milli das toll findet – ich bin noch nicht so weit.
Andererseits wünschte ich mir schon, Yannis würde mehr Initiative ergreifen und nicht immer so stocksteif dastehen ...

„Alles easy", winke ich lässig ab. „Yannis und ich sind nachher im Schwimmbad miteinander verabredet." Auch wenn es Ende Mai und nicht sonderlich warm ist, freue ich mich darauf, endlich mal wieder mit ihm durchs Becken zu toben.
Als ich dann am Nachmittag auf unserem Platz unter der Linde liege, fehlt von Yannis jede Spur. Dafür sind Milli und Marco schon da. Milli hängt über Marcos Rücken und quetscht seine Pickel aus. Grrr, kann die das nicht lassen? Missbilligend schaue ich meine Freundin an, aber Milli scheint nicht zu kapieren, dass dies ein absolutes NoNo ist. Kein Wunder, sie hat

sich auch um hundertachtzig Grad verändert: Aus der sportbegeisterten und pferdenärrischen Milli ist eine verschmuste Maus geworden, die fast nur noch in den Armen ihres Freundes anzutreffen ist. Eigentlich ist ihr das zu eng, hat sie mir neulich mal anvertraut, aber geändert hat sie nichts. Ich habe mich daran gewöhnt, dass wir jetzt immer zu viert unterwegs sind: Milli, Marco, Yannis und ich. Eiscafé, Eiscafé oder Eiscafé. Oder wie heute eben Schwimmbad. Unsere Shopping-Nachmittage und gemeinsamen Trainingsstunden vermisse ich trotzdem sehr.

„Yannis musste mit seiner Mutter noch den Gartenteich ausbuddeln“, sagt Marco jetzt mit seiner kieksigen Stimme. „Er kommt später nach, soll ich dir ausrichten.“

Na super, und warum sagt mir das Yannis nicht persönlich? Schließlich wohnt er gleich nebenan. Insgeheim ärgere ich mich, dass ich vorhin nicht noch mal in den Garten rausgeschaut habe, dann hätte ich nämlich gesehen, dass Stefanie wild am Wüten ist.

„Dann gehe ich schon mal alleine ’ne Runde schwimmen“, sage ich und stehe seufzend auf. Keine Lust auf Live-Geschmuse, denn Marco hat sich jetzt umgedreht und Milli liegt knutschend auf ihm. Offensichtlich hat er sich inzwischen wieder für eine andere Form des Zahnarztstudiums entschieden.

Das Wasser ist angenehm kühl und frisch. Ich schwimme bestimmt zehn Bahnen auf und ab, dann tauche ich längs durchs Becken, immer wieder, sämtliche Kusssorgen fließen aus mir heraus, strömen über mich hinweg ... Irgendwann dann geht mir die Puste aus, ich drehe mich auf den Rücken und lasse mich treiben.

Yannis, puckert mein Herz, Yannis, ich hab dich so lieb.
Warum bist du nicht bei mir und küsst mich endlich richtig?
Kein Knutschfleck, kein Lippenkuss, kein Wangenkuss.
Ein richtiger verliebter Yannis+Sina-Kuss.

Plötzlich merke ich, wie jemand unter Wasser an meinen Beinen kitzelt.
„Hey, was soll das [illegible]“ Lachend tauche ich unter, komme prustend wieder hoch und schaue in zwei funkelnde Yannis-Augen.
„Na warte!“ Ich stütze mich mit meinen Händen auf seiner Schulter ab und versuche, ihn unter Wasser zu drücken. Yannis taucht einfach weg, zieht mich am Arm mit sich, aber ich schüttele ihn einfach ab. „Ich kann nicht mehr!“, japse ich und schwimme zum Beckenrand.
„Alles okay mit dir?“ Yannis kommt mir hinterher und schaut mich unter tropfnassen Augenbrauen zärtlich an. Ein Blick, der mir durch und durch geht. Tiefer rein als Nicolas, intensiver als Carlos, auffordernder als Thaddäus.

Wer sagt eigentlich immer, dass Jungs die Initiative
ergreifen müssen?

Ich stehe jetzt und hier und verspüre das unbändige Verlangen, Yannis zu küssen. Ohne weiter darüber nachzudenken, was ich da gerade tue, greife ich nach Yannis Kopf und ziehe ihn zu mir heran. Ich fühle seine nassen Lippen auf meinen, öffne leicht meinen Mund und taste mit meiner Zungenspitze nach seiner. Und dann küssen wir uns. So richtig. Mit allem

Drum und Dran. Er und ich. Und was immer ich vorher darüber gelesen habe: Forget it. Es fühlt sich einfach nur unbeschreiblich gut an.

Ein **Zungenkuss** ist etwas sehr Intimes und ist nur richtig schön zwischen echten Liebespaaren. Weil auf der Zungenspitze die meisten Nerven liegen, spürst du ihn am ganzen Körper ... Für einen Zungenkuss gibt es keine Anleitung, kein Richtig oder Falsch, du musst ihn wollen und fühlen, dann passiert alles wie von selbst.

Als ich am nächsten Morgen aufwache, habe ich geschwollene Lippen. Schlimmer noch: Ich kann sie kaum spüren, alles fühlt sich so pelzig an. Ich hechte zum Spiegel, zum Glück sieht man meinem Mund nicht an, dass ich gestern mit Yannis den ganzen Nachmittag Zungendauerküsse getauscht habe. Ewigkeiten haben wir am Beckenrand rumgeküsst, später auf der Wiese, es war total aufregend, dabei Yannis' Arme und Hände in meinem Rücken zu spüren, seine Beine ... ich habe mich ihm noch nie so nah gefühlt wie in diesem magischen Moment im Wasser und ich sage dir: Zwischen dem Knutschfleck damals und dem Profiküsser Yannis liegen Welten.

Für einen kurzen Moment überlege ich, mit wem Yannis wohl heimlich geübt haben könnte. Aber dafür ist er eigentlich viel zu umständlich.

Nachdem ich mir gründlich die Zähne geputzt habe, fühlt sich mein Mund schon viel besser an.

Regelmäßiges Zähneputzen reicht völlig, wenn du ein Kuss- und Knutschprofi sein willst. Ständiges Kaugummikauen dagegen schadet den Zähnen und törnt auch voll ab. Oder willst du plötzlich seinen angelutschten Kaugummi im Mund haben? Solltest du tatsächlich unter Mundgeruch leiden, kann das verschiedene Ursachen haben wie Zahnfleischentzündungen, Karies, chronischer Schnupfen, Übersäuerung des Magens, Verdauungsstörungen oder Mangelerscheinungen (Zink, Vitamine). In solchen Fällen solltest du das unbedingt medizinisch abklären lassen. Für Mundgeruch nach dem Genuss von Knoblauch, Zwiebeln oder Döner helfen Pfefferminzdrops oder Chlorophylltabletten aus der Apotheke.

Gut gelaunt zwinkere ich mir im Spiegel zu und strecke mir selbst die Zunge raus.
Heute Abend steigt Julias lang erträumte Sommerparty und ich bin schon tierisch aufgeregt. Klar, dass ich da nicht alleine sauertöpfisch guckend in der Ecke rumstehen, sondern mit Yannis feiern werde ... Heimlich schiele ich in Mamas Badezimmerschrank und entdecke einen originalverpackten Zungenschaber. Skeptisch begutachte ich das Ding. Bestimmt hat sie ihn mal von Tante Irene im Zuge ihrer ayurvedischen Anwandlungen zur spirituellen Reinigung geschenkt bekommen. Als Expertin für Knutschflecke und Zungenküsse sollte ich so einen Zungenschaber vielleicht auch verwenden. Aber bringt das was, sich den Belag einfach runterzuschubbern, wenn er doch wieder nachwächst?

Skeptisch lecke ich mir über meine blinkend weißen Zähne. Nachdem ich zwei Jahre lang eine feste Zahnspange getragen habe, habe ich die perfektesten Zähne, die man sich wünschen kann. Ohne Mundgeruch und Wenn und Aber. Strahlend zwinkere ich mir zu und fahre prüfend über meine wunden Lippen. Na, da weiß ich doch, was ich den restlichen Nachmittag mache: Lippenpflege intensiv.

Lippen enthalten keine Talgdrüsen und sind besonders empfindlich, weil hier auch die meisten Nerven liegen: Kalter Wind, heiße Sonne oder Heizungsluft trocknen sie aus, machen sie rissig und spröde. Für samtweiche Lippen gibt es verschiedene Maßnahmen:

- **Labello & Co.:** Spezielle Lippenpflegestifte enthalten besonders wertvolle Pflegeöle wie Kamille, Dexpanthenol und spezielle Fettstoff-Komplexe. Achtung: Manche Stifte entziehen aber auf Dauer den Lippen Feuchtigkeit und du musst ständig nachschmieren. Hier hilft nur: aufhören oder Hersteller wechseln.
- **Honigmaske:** Der Geheimtipp für kussweiche Lippen schlechthin, weil simpel & günstig. Einfach deine Lippen vorsichtig mit der Zahnbürste „peelen" und danach für fünf Minuten mit Honig einpinseln. Gründlich abwaschen oder einfach abschlecken. Regelmäßig angewendet, brauchst du keine teuren Pflegestifte mehr!

Nachdem meine Lippen wieder wunderbar babyweich sind, stehe ich vor dem nächsten Problem: Soll ich sie für die Party anpinseln oder nicht?

Perfekt geschminkte Lippen: Lippen leicht abpudern, dann hält der Lippenstift besser. Mit einem farblich passenden Lippenkonturenstift umrandest du sorgfältig deinen Mund, dann pinsele sorgfältig die Lippen aus.
Aber Achtung, aller Werbung zum Trotz. DEN kussfesten Lippenstift gibt es nicht! Male sie knallrot an, wenn du geheimnisvoll-unnahbar erscheinen möchtest, wähle glitzrigen Gloss für glamourösen Partyspaß oder eine dezente Farbe, die deinen Typ natürlich unterstreicht. Probiere aus, was zu dir passt! In der Drogerie oder in einer gut sortierten Parfümerie gibt es jede Menge Tester, die dir bei der Auswahl helfen.

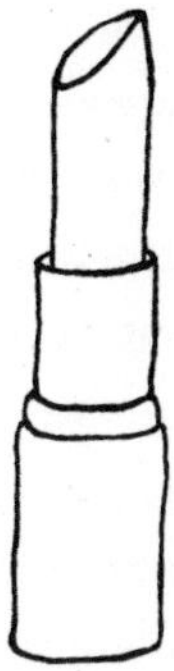

Also rufe ich Milli an. Die hat schlechte Laune, offensichtlich störe ich sie gerade beim Herumknutschen mit Marco.
„Also zum Küssen ist das alles total doof", meint sie knapp und ich frage mich, warum ich sie eigentlich gefragt habe. Milli hat noch nie ihre Lippen richtig geschminkt, weder mit Gloss noch mit Lippenstift oder Glitzer, und weiß garantiert nicht, was ein Lippenkonturenstift ist. Und so richtig Wert auf einen perfekten Auftritt hat sie auch nie gelegt, da sind Julia und ich viel eitler.
„Schon okay", nuschele ich in den Hörer und tippe die Nummer von Julia ins Funkhandy. Mittlerweile lümmele ich mit meinem süßen Honigmund lässig im Liegestuhl draußen auf

der Terrasse. Unter Mamas missbilligenden Blicken, die gerade damit beschäftigt ist, endlich mal ihre verblühten Tulpen abzuknipsen, während Leon mit seinem Schaufelbagger unseren Winzgarten umgräbt.
Noch bevor ich Labello sagen kann, textet Julia mich zu. „Gut, dass du anrufst“, legt sie los, „stell dir vor, Nicolas will nicht zur Party kommen!“
„Hä, wieso das denn nicht?“, frage ich verwundert und drehe Mama demonstrativ den Rücken zu.
„Weil er mit mir heute Abend eine romantische Mainfahrt machen möchte, alleine, nur wir zwei“, erklärt Julia seufzend. „Er hat schon alles arrangiert, der Fahrer seines Vaters steht uns zur Verfügung. Er hat sogar meine Eltern um Erlaubnis gebeten, dass ich bis zum Feuerwerk bleiben darf.“
Mir bleibt glatt die Spucke weg. Gegen ein Feuerwerk auf dem Main ist so eine Sommerparty ja laue Asche. „Heißt das ... die Party fällt aus?“ Ich spüre, wie sich Enttäuschung in mir breitmacht. Keine Sommernachtsküsse von Yannis! Julia am anderen Ende der Leitung schweigt. „Was soll ich denn machen?“, fragt sie leise. „Was würdest du in meiner Situation tun?“
Prompt vergesse ich, dass ich Julias Getue eigentlich grässlich albern finde. Ich horche in mich hinein, denke an Yannis und fühle nur eine Antwort: „Na, Feuerwerksparty auf dem Main natürlich, was für eine Frage.“
„Siehst du, das denke ich auch. Aber ... ich kann doch nicht einfach die Party absagen! Und eure Hilfe! Die ganzen Vorbereitungen ...“
„Darüber mach dir mal keine Sorgen!“, unterbreche ich sie. „Warte mal, ich rufe dich gleich wieder zurück.“

Ich habe die geniale Idee. Für Partyfragen gibt es nur eine Lösung und die heißt: Stefanie! Mama meckert empört los, als ich beim schwungvollen Aufstehen ihren vollgestopften Garteneimer umstoße, aber egal. Ich hechte durch das Gartentürchen aufs Nachbargrundstück, wo die Mutter von Yannis gerade damit beschäftigt ist, einen Springbrunnen in ihrem neuen Garteneich zu installieren.
„Ich ... äh ...", stammele ich. „Nette Karpfen", beeile ich mich zu sagen, weil bekanntlich Komplimente ja immer gut kommen.
Stefanie grinst mich breit an. „Das sind Goldorfen", klärt sie mich auf. „Yannis ist oben", fügt sie hinzu und nickt mit dem Kopf Richtung Terrassentür.
„Nee, äh, ich meine ..." Ich atme noch mal tief durch, denke an mein letztes Bewerbungsgespräch und dann lege ich ihr in aller Ausführlichkeit meinen Plan vor.
„Und hinterher räumen wir alles wieder auf, versprochen", sage ich und schaue sie offen an. „Es ist alles da, Buffet, Getränke, Cocktails, Musik ... Julia hat ja alles vorbereitet. Es ist nur eben so: Sie kann nicht."
Das erste Mal, seit wir uns kennen, guckt mich Stefanie mit einem abschätzenden Blick von oben bis unten an. Sie checkt sogar meinen Busen, der sich unter meinem Shirt deutlich (aber sehr hübsch!) abzeichnet. Am liebsten würde sie Nein sagen, das spüre ich, aber als engagierte und emanzipierte Mutter, deren Lieblings-Allerbestes verrückte Feten sind, will sie ihrem Sohn nicht den Spaß verderben. Und hat sie nicht mal gesagt, ich sei ein tolles Mädchen?!
„Okay", sagt sie dann knapp, „aber um Mitternacht ist Feierabend." Damit wendet sie sich wieder ihrer Wasserpumpe zu.

„Danke", presse ich irritiert heraus. Wieso hat die denn plötzlich ein Problem mit mir? Ist es, weil ich Yannis küsse?

> Wie für deine Mutter ist es auch für die Mutter deines Freundes schwierig, dass ihr „Kleiner" jetzt ein richtiger Mann wird und mit anderen Mädchen Küsschen austauscht – und nicht mehr mit ihr. Vielleicht ist sie ein bisschen eifersüchtig, vielleicht braucht sie einfach nur ein bisschen Zeit, sich an diese neue Situation zu gewöhnen. Versuche einfach, dich so nett und normal wie möglich zu verhalten.

Schnell wie ein geölter Blitz hänge ich wieder am Telefon und verkünde Julia die frohe Botschaft. „Du bist ein Schatz, das vergesse ich dir nie", jubelt sie. Dabei habe ich nur ganz egoistisch dafür gesorgt, dass Yannis und ich heute Abend ungestört unsere Kusstechnik verfeinern können. Glücklicherweise erklärt sich Julias Mutter bereit, den ganzen Partykram zu Dietrichs zu karren, wahrscheinlich ist sie froh, dass ihr der Gouvernantenjob heute Abend erspart bleibt. Weil ich nicht noch mal an Stefanie vorbeiwill, rufe ich Yannis lieber an, um ihm die tolle Nachricht zu übermitteln. Aber der zeigt sich wenig begeistert darüber, dass die Party bei ihm zu Hause stattfinden soll.
„Musste das sein?", mault er. Offensichtlich störe ich ihn beim Rumdaddeln, denn das Hintergrundgeballer stammt eindeutig von seiner Playstation. „Meine Mutter mischt sich doch dann eh wieder in alles ein ..."
„Deine Mutter wird überhaupt keine Gelegenheit finden, die Partyqueen zu mimen, denn es ist ja bereits alles nach unseren Ideen vorbereitet."

„Das meinst auch nur du", antwortet Yannis matt. „Okay, dann komm nachher rüber, damit wir die Sachen aufbauen können. Spielen wir halt diesmal die perfekten Gastgeber."

Juchhu! Am liebsten würde ich ihn durchs Telefon knutschen, stattdessen springe ich zum dritten Mal an diesem Tag unter die Dusche, damit ich heute Abend hundertpro frisch bin. Als ich eine Stunde später gut gelaunt die Treppe hinunterstürme, stoße ich mit meiner verschwitzten und übel gelaunten Mutter zusammen.

„Ich habe drei Mal nach dir gerufen", macht sie mich an, „aber vor lauter Stylerei hörst du ja nichts."

Muss ich jetzt ein schlechtes Gewissen haben? Weil ich ein weißes Sommer-Top im Empire-Stil zu meiner weißen Leinenhose trage und ziemlich klasse aussehe? Nö! Außerdem: Ich habe brav die Duschkabine trocken gewischt und sogar diese farblose Autopolitur aufgetragen, damit das Wasser besser abperlt. Verwundert glotze ich sie an. Was hat die nur? „Schon okay, was ist denn los?", frage ich pflichtbewusst.

„Leon hat sämtliche Blumen ausgegraben und ich wollte, dass du mir beim Wiedereinsetzen hilfst", sagt meine Mutter mit angesäuerter Miene.

„Oh no, warum immer ich?", maule ich los. „Wenn Leon das vermurkst hat, soll er das doch machen, er ist alt genug." Das ist mal wieder typisch! Lieblingsleon macht Quatsch und die große Schwester muss dafür büßen. Aber diesmal nicht! Ich strecke meiner Mutter meine frisch lackierten Fingernägel entgegen. Sonst bin ich da ja nicht so pingelig, aber für diesen *nature look* habe ich mir besonders viel Mühe gegeben. „Weißt du, was das für eine Arbeit war? Morgen helfe ich hier, aber jetzt muss ich rüber, die Party vorbereiten, sonst wird Stefanie noch sauer."

In diesem Moment mischt sich Papa ein. „Ich finde, Sina hat recht", sagt er und nickt mir zu. Mamas Blick wird oberfinster. „Leon soll die Pflanzen selbst wieder einbuddeln", fährt er fort. „Außerdem hat Sina eine Aufgabe übernommen und damit großes Verantwortungsbewusstsein gezeigt." Papa nickt mir freundlich zu und ich spüre, wie ich innerlich zehn Zentimeter wachse. „Also, mach, dass du rüberkommst. Und dass mir keine Klagen kommen ..." Zum Abschied will er mir noch einen Kuss auf die Wange drücken, aber für väterliche Schnurrbartküsse fühle ich mich heute Abend zu alt. Schnell ducke ich mich weg und zische durch das Gartentor nach drüben.

Wieso müssen einen Eltern immer mit diesen blöden Sprüchen begleiten? Trag immer eine saubere Unterhose, bleib anständig, wasch dir die Hände ...

„Himmel, was willst du denn mit diesen schrecklichen Dingern!", ruft Stefanie entsetzt, als ich später die Kiste mit den Windlichtern reinschleppe. „So was kommt mir nicht ins Haus!"

„Aber Mama", mischt sich Malte ein, der gerade die Lampions in die Sträucher hängt. „Das haben die selbst gemacht, das kannst du doch nicht einfach verbieten." Heimlich zwinkert er mir hinter ihrem Rücken zu.

„Kann ich doch, schließlich ist das unser Grund und Boden", sagt sie und ich weiß nicht, ist sie wirklich empört oder tut sie nur so. „Komm mal mit, Sina, ich gebe dir ein paar Fackeln."

Völlig verdattert folge ich ihr. Vielleicht sind diese Heißklebe-Exemplare nicht eines Designpreises würdig, aber eigentlich ...
„Das ist sehr nett von dir, Stefanie", beginne ich zögernd. „Aber weißt du, Julia, Milli und ein paar andere haben einen ganzen Nachmittag lang an diesen Windlichtern herumgebastelt. Das wäre jetzt nicht fair, sie gar nicht zu benutzen", füge ich mit fester Stimme hinzu und versuche, ihrem prüfenden Blick standzuhalten. Eine Weile mustern wir uns schweigend und ich spüre, in Wirklichkeit geht es hier um was ganz anderes als um diese Windlichter. Hätte ich sie doch bloß nicht um Erlaubnis gefragt! Aber jetzt muss ich da durch.
„Also gut", gibt sie nach, „aber ins Haus kommen mir diese verunstalteten Lichter nicht!" Sagt es und dreht sich mit wippendem Mini-Rock um. Erleichtert schaue ich ihr hinterher, wie sie in ihren Gummischuhen in der Küche verschwindet. Und dann habe ich keine Zeit mehr, mich über die schlechte Laune von Yannis' Mutter zu wundern, denn für den restlichen Nachmittag bin ich mit Tischeaufstellen und Buffetherrichten beschäftigt, wobei Yannis keine echte Hilfe ist, weil er ständig von den Hackbällchen und Windbeuteln nascht. Zwischendurch müssen wir uns immer mal wieder küssen, was unserem Terminplan auch nicht dienlich ist.
Wie froh bin ich, als pünktlich um sechs die ersten Gäste kommen. Jolina geht sofort zu Malte, der mit einer Zigarette im Mundwinkel lässig unsere alkoholfreien Drinks an der Getränkebar ausschenkt. In ihrem weißen Sommerkleid sieht sie absolut klasse aus, das muss ich neidisch feststellen, und für ihre Verhältnisse hat sie sich auch gar nicht so aufgebrezelt wie sonst. Scheinbar findet das auch Malte, denn er lässt sie für den

restlichen Abend nicht mehr aus den Augen, was Sebastian aufmerksam registriert. Juri stürzt sich lechzend auf Maltes Shisha und tut so, als ob ihm das Inhalieren aus dem Schlauch in letzter Sekunde das Leben retten würde. Blödmann, weiß der denn nicht, dass Rauchen total daneben ist? Nee, das mit Juri und mir hätte nie etwas werden können. Wenn einer so hirnlos agiert und denkt, er sei cool und erwachsen, nur weil er raucht, kann ich ihn nicht gebrauchen.

Shisha ist eine Wasserpfeife arabischen Ursprungs und dient zum Tabakrauchen. Auch wenn sich der wassergekühlte Rauch leichter inhalieren lässt, werden dabei genauso viele Schadstoffe aufgenommen wie bei einer Zigarette, weil eine Wasserpfeife die gleiche Menge an Nikotin abgibt und zudem weitere gesundheitliche Schadstoffe freigesetzt werden.
Rauchen – ob Shisha oder Zigaretten – gefährdet deine Gesundheit, hemmt das Wachstum, macht Pickel und Mundgeruch, kostet Geld und kann tödliche Folgen haben.

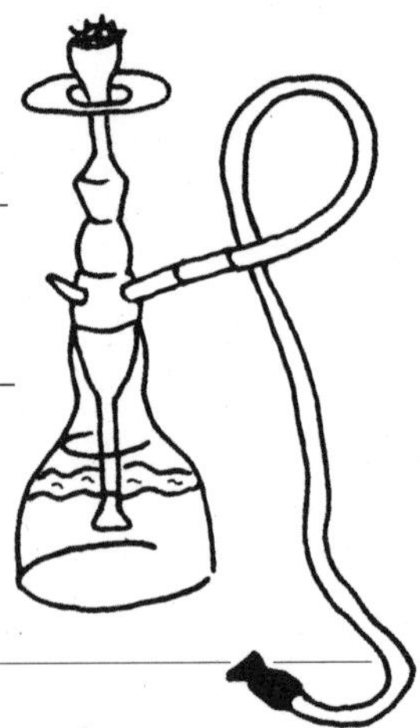

Milli und Marco lümmeln sich sofort mit ihren Getränken auf einer der Picknickdecken herum, während Kleo steif wie Dornröschen auf einer Bierbank sitzt und stumm in ein Glas Mineralwasser vor sich starrt. Statt im weißen Partyoutfit steckt sie in schwarz-schwarzen Klamotten, nur ihr T-Shirt trägt die rote Aufschrift: *The Power of Strange*. Sehr originell, Kleo!

Obwohl sich Kleo mir gegenüber in der letzten Zeit so abweisend verhalten hat, habe ich ihr gegenüber ein schlechtes Gewissen. Ihr geht es nicht gut, das weiß ich, und gleichzeitig komm ich nicht an sie dran und kann ihr nicht helfen. Vielleicht sollte ich einfach mal mit ihr auf den Hundeplatz gehen, vielleicht erzählt sie mir dann, was los ist, ohne gleich abzublocken.

Das Sommerfest ist bald voll im Gange – auch ohne blöde Partyspiele! Bei dem Gedanken muss ich sofort an Yannis denken, der sich irgendwie verkrümelt hat, zumindest kann ich ihn nirgends finden. Ich finde das ein bisschen ungerecht, immerhin gehört er mit ins Gastgeberteam. Zum Glück helfen mir Melanie und Friederike, den Brotkorb aufzufüllen und Nachos mit Dips auf den Tischen zu verteilen. Stefanie hat sich mit einem lässigen „Ihr braucht mich ja nicht, ich hab noch zu tun" in ihr Atelier verzogen. Aber garantiert pilgert sie da oben wie ein Tiger im Käfig herum und beobachtet uns heimlich.
„Hast du Yannis gesehen?", frage ich Malte, der mir über den Weg torkelt.
„K-K-Keine Ahnung", macht er und ich weiß sofort Bescheid: Breezer, Malte hat sich von diesem blöden Zeug was reingekippt. Jolina hängt knutschend an seinem Hals und mir wird allein vom Zugucken ganz anders. Wenn Malte mal morgen keinen Knutschfleck hat! Aber wo steckt Yannis? Ich wühle mich durch die tanzende Menge, Sebastian und Juri greifen nach meinen Händen und wirbeln mich durch die Gegend. Lachend löse ich mich und laufe Richtung Hollywoodschaukel. Klar, auf den Feten in Dietrichs Garten gab und gibt es für Yannis immer nur einen Platz.

„Und ich dachte schon, du kommst gar nicht mehr", begrüßt mich Yannis, aber an seiner Stimme höre ich, dass er nicht wirklich sauer ist, sie klingt zärtlich und weich. „Ich warte und warte ... dafür musst du dich jetzt aber gründlich entschuldigen."

Grinsend lasse ich mich von ihm auf den Schoß ziehen. Überglücklich lege ich meine Arme um seinen Hals. Ich spüre, wie die Hollywoodschaukel leise anfängt zu wippen. Unsere Gesichter sind sich ganz nah.

„Sina ...", flüstert Yannis leise. „Ich ..."

„Pssst", mache ich und verschließe seinen Mund einfach ganz sanft mit meinen Lippen. Diesmal geht mir sein Kuss durch und durch. Er kribbelt vom kleinen Fußzehennagel bis zu meiner Zopfspitze, mein Herz klopft wild, ich küsse Yannis und er küsst mich zurück, ich spüre seine Hände, wie sie langsam meinen Rücken entlangwandern, seinen Atem in meiner Halsbeuge, als er lauter kleine Küsschen hineinhaucht. Ich lasse mich von meinen Verliebtheitsgefühlen in die Sommernacht davontragen, lasse zu, wie Yannis jetzt mit seinen Händen unter mein Top wandert, ganz langsam, ganz zart, den Bauch hinauf und mit seinen Küssen überall ist ... Wenn er mir jetzt einen Knutschfleck macht, ist es egal, denke ich noch.

Wie es mit dem Liebespaar Sina und Yannis weitergeht, ob Milli Sinas beste Freundin bleibt und in wen sich Julia neu verliebt, erfährst du in dem Band: „Die Liebe und ich“ (Band 50541). Natürlich mit vielen, vielen Sina-Tipps zum Thema Liebe & Erstes Mal.
Bis dahin mehr über Sina unter **www.sinasblog.de**.

Ilona Einwohlt

978-3-401-50443-8

Mein Pickel und ich

Als Sina eines Tages ihren ersten Pickel entdeckt, ahnt sie das Schlimmste: P wie Pubertät ist angesagt! Und es kommt bald noch übler. Nach den Pickeln tauchen auch die ersten Busenknubbel auf und die Periode kündigt sich an! P wie Panik? Keine Spur! Mit viel Witz erzählt Sina von ihrem hormonverwirbelten Leben und von den kleinen und großen Katastrophen in dieser spannenden Zeit.

978-3-401-50444-5

Die Schule und ich

Schule nervt!, findet Sina, und zwar gewaltig. Vokabeln pauken, öde Schullektüre, Referate halten. Das ist Horror hoch zehn! Die Klassenfahrt ist noch okay, aber Mobbing, scheußliches Essen in der Schulmensa und ein unfairer Lehrer nicht – jetzt hat Sina endgültig die Nase voll: Sie lässt sich zur Klassensprecherin wählen und kämpft für Gerechtigkeit, unter dem Motto: „Das Beste an der Schule, das sind wir!"

978-3-401-50451-3

Die Liebe und ich

Sina ist verliebt – bis über beide Ohren! Die Hormone tanzen und alles ist rosarot. Und doch gibts schon wieder was zu grübeln: Ist er der Richtige fürs erste Mal? Was muss ich dazu wissen? Und: Wie geht das überhaupt? Sinas kribbelige Liebesgeschichte mit vielen persönlichen Sina-Tipps und Infos zu Liebe, Sex, Verhütung und Co.

Arena

Jeder Band:
Kartoniert
Auch als E-Books erhältlich
www.arena-verlag.de

Ilona Einwohlt

Drillingsküsse

Wen lieb ich und wenn ja, wie viele?

Als sich Maja Knall auf Fall in einen wahnsinnig süßen Typen verliebt, ahnt sie nicht, auf was sie sich da eingelassen hat. Denn dieser Stewart ist ein Drilling! Wie findet sie jetzt nur heraus, welcher der drei Sunnyboys ihr den Kopf verdreht hat? Drei Dates zu vereinbaren wäre die eine Möglichkeit, Probeküssen die andere. Doch da hat Majas beste Freundin Carla eine wahnwitzige Idee ...

Arena

248 Seiten • Arena-Taschenbuch
ISBN 978-3-401-50512-1
www.arena-verlag.de

Weitere Bücher von Ilona Einwohlt im Arena Verlag:

Mädchenratgeber:
Lucy ohne Jana. Freundinnen-Stress – und jetzt?(Band 06666)
Goldmarie online. Im Internetfieber – und jetzt? (Band 06684)

HerzSchmerzZeiten und ich (Band 06867)
AllerBesteFreundinnenZeiten und ich (Band 06912)

Mein Leben und ich – Sinas Frage-Tagebuch (Band 06711)
Miss Chrismas und ich – Sinas Adventskalender-Geschichten (Band 06742)
Sinas Liebeslexikon – 222 Dinge über Liebe, Sex und dich (Band 06625)

Schmetterlingsflügel für dich! Das Coachingbuch für starke und selbstbewusste Mädchen (Band 2390)
Wellenreiterin. Das Mädchen-Coachingbuch für den Start ins Leben (Band 2383)

Mädchenromane:
Drillingsküsse. Wen lieb ich und wenn ja, wie viele? (Band 50512)
Eine Freundin ist besser als gar keine Schwester (Band 50457)

Alicia. Unverhofft nervt oft. (Band 06932)
Alicia. Wer zuerst küsst, küsst am besten. (Band 06995)
Alicia. Liebe gut, alles gut. (Band 60044)

In der Reihe *Follow your heart – Du entscheidest, was passiert!*
Zicken, Zoff und Herzgeflüster (Band 2837)
Dicke Freundschaft, fette Party (Band 2839)
Voll verliebt auf Klassenfahrt (Band 2840)
Zickenzank (Band 2841)
Glückspilz, Loser, Klassenstar (Band 2833)

Weitere Informationen unter www.arena-verlag.de oder www.ilonaeinwohlt.de sowie www.sinasblog.de.